la llum del *f*ar

No surtis de nit...

Eulàlia Canal
Glòria Marín

BAULA

Direcció editorial:
Departament de Literatura GE

Direcció d'art:
Departament de Disseny GE

Disseny de la col·lecció:
Manuel Estrada

Fotografia de coberta:
Shutterstock

1a edició, 3a impressió: novembre 2020

Impressió:
Edelvives Talleres Gráficos. Certificat ISO 9001
Imprès a Saragossa, Espanya

ISBN: 978-84-479-3279-5
DL B 15930-2016

El 0,7% de la venda d'aquest llibre es destina a projectes de desenvolupament de l'ONGD SED (www.sed-ongd.org).

FITXA PER A BIBLIOTEQUES

CANAL, Eulàlia (1963–)
No surtis de nit_ / Eulàlia Canal, Glòria Marín. – 1a ed., 3a reimp. – [Barcelona] : Baula, 2020
142 p. ; 22 cm. – (La llum del far ; 85)
ISBN 978-84-479-3279-5
1. Germans. 2. Secrets. 3. Amor. 4. Mort. I. Marín, Glòria. II. Títol. III. Sèrie.
087.5:821.134.1-31"19"

Per tots els bons moments compartits, anècdotes i rialles,
i un grapat de cafès i sobretaules que han fet entreteixir
entre nosaltres, més i més, la nostra amistat.

1
JOEL

En aquell moment, no sabia que mai més no tornaria a ser jo.

Des que en Max m'havia trucat al matí per quedar, un pressentiment estrany em rosegava l'estómac. No em venia gens de gust passar una nit de festa amb el meu germà, però era incapaç de dir-li que no.

A les nou passades, vaig sentir el clàxon del seu luxós cotxe.

—Anem al Copa Cabana. Allà sempre hi ha ambient —va fer ell amb un somriure murri—. Et presentaré unes noies molt interessants —i em va picar l'ullet.

No vaig gosar preguntar-li per la Patrícia.

Ell no parava de parlar: «El que has de fer és buscar-te una noia i una feina decent..., que no pots anar dient que ets pintor de parets; si de cas, deixa-ho en pintor, que queda més *xic*... Encara que amb aquesta roba que portes no crec que... Mira, Joel, les noies es fixen en aquestes coses, saps?... Et puc deixar la meva jaqueta, és Armani, i cauran com mosques, ja veuràs... Ah, i, sobretot, no els diguis que ets somnàmbul, les espantaries...».

I reia. I no sé en quin moment el vaig deixar d'escoltar. Li podia haver dit que no volia conèixer cap noia, que m'agradava la meva feina, que no m'interessava la roba de marca, que callés, que em feia mal de cap. Li podia haver dit que n'estava fart, dels seus comentaris, i que l'única dona del món que estimava i estimaria sempre encara que no m'hi pogués ni apropar era la Patrícia..., però no vaig dir res.

Quan vam sortir del Copa Cabana, ell portava unes quantes copes de més. Li vaig dir que podia conduir jo, però em va contestar que el seu cotxe només el conduïa ell, i que es trobava perfectament.

Vaig mirar la lluna i em va semblar que es gronxava en el cel. Vaig desitjar ser a casa.

La carretera estava pràcticament deserta. Ell conduïa passat de voltes pel centre, com si el món fos seu i tothom hagués d'apartar-se al seu pas. Li vaig dir diverses vegades que reduís la velocitat, però no m'escoltava. Reia.

Quan vam ser a dalt de tot del port de muntanya, de sobte, va aparèixer una camioneta. En Max va girar el volant bruscament i em vaig veure volant amb el cotxe, planejant precipici avall, com si fos una ala delta, i vaig pensar: «Ara, ens matarem!...».

M'era igual, però, només volia gaudir d'aquella sensació d'anar més enllà de tot, de veure com el món es feia tan petit que res, absolutament res, no tenia cap importància... I, després, tot és confús..., molt confús...

Recordo un impacte..., que vaig sortir del cotxe... Recordo els crits del meu germà atrapat entre la ferralla..., i jo... sabia que havia d'ajudar-lo a sortir, ho volia fer, però el cos no em responia... Era com si fos de fusta, el cor de fusta, els ulls de vidre, les cames com dos troncs d'arbre, els braços de granit, el cervell de pedra... No responia... Era un pes immens que m'immobilitzava; potser el pes de cada record punyent, de cada paraula enverinada, de cada traïció callada, no ho sé...

Tot era blanc,

molt blanc...

Després, a l'hospital. Una sala d'espera buida. Tant de buit, tant de silenci, tanta solitud, que creia que el món havia desaparegut, i no tan sols el món, sinó jo mateix, o una part de mi mateix.

Dins d'aquest buit una veu de nena va dir el meu nom, Joel, com un xiuxiueig. Em vaig girar, però no hi havia ningú. Vaig notar una bufada d'aire càlid al clatell i em va venir una esgarrifança.

Em sentia el cervell trastocat... Potser començava a tenir al·lucinacions o simplement era un malson que tornaria a lloc quan obrís els ulls.

De sobte, unes passes van entrar en aquell silenci... Unes passes que s'apropaven pel passadís... La Patrícia. Els seus cabells negres onejant damunt les galtes, els ulls de tardor interrogadors, aterrits, damunt meu...

—Max... —va cridar abraçant-me—. Max... —i em vaig voler oblidar de qui era realment.

Vaig desitjar tant ser en Max per sentir-la al meu costat, vaig desitjar tant morir-me jo mateix per no sentir el dolor que ella no m'estimés a mi, que no vaig dir res. No vaig dir: «Em sap greu, Patrícia, no sóc en Max. Sóc en Joel, em sap greu. Encara que porti la jaqueta d'en Max, encara que..., no ho sóc».

No ho vaig dir. Simplement la vaig abraçar fort, molt fort, com no ho havia pogut fer mai, i, per un instant, enmig de la confusió i del dolor, vaig ser feliç. Potser ho havia perdut tot, fins i tot a mi mateix, però la Patrícia era entre els meus braços, era amb mi.

2
MAX

Mai no m'hauria imaginat que en Joel fos capaç de deixar-me abandonat entre la ferralla del cotxe.

Notava el gust agre i pastós de la sang, que m'omplia la gola i m'oprimia el pit, quan els meus ulls tèrbols es van clavar en els d'ell mentre implorava que em salvés.

La seva imatge, palplantat amb la meva jaqueta de pell, amb la boca oberta, el rostre esblanqueït i mirant-me sense moure's, es va anar esvaint lentament.

El món se'm va anar fent petit i el ressò de l'eco d'un cop sec va desaparèixer.

Embolcallat dins d'una placidesa gairebé mística, sento que se'm van relaxant els músculs i el dolor del cos.

Un murmuri de veus estripa el silenci dins d'aquesta foscor.

M'aixeco de cop i les veus s'apaguen.

Tot és fosc, tot és negre.

Aquest silenci és com una glopada de fel amarga.

Una impaciència dolça fa que avanci a dins de la foscor.

Arrossego els peus amb inseguretat, acovardit per la incertesa.

Estenc els braços i avanço.

De sobte, una escletxa s'obre i una claror encegadora fa que em tapi els ulls amb les dues mans. L'aire és dolç, respiro profundament, al mateix temps que intento acostumar-me a la claror.

Sento soroll, de nou murmuris i unes passes que s'acosten.

Aconsegueixo veure una ombra borrosa. Em frego els ulls, se'm desenganxen les parpelles i, malgrat que la visió és tèrbola, estiro la mà per tocar-la i l'ombra s'esvaeix com la boira.

No te'n vagis! Torna!

Em giro, algú m'observa, tinc por.

Aquest silenci m'embogeix.

Crido, crido fort.

No hi ha resposta.

De sobte, un so semblant a dotzenes de mans inquietes que aplaudeixen ve de passadís enllà.

Una veu! Una veu em mana que camini. Obeeixo i m'encamino cap a un passadís llarg i blanc, ple de sales blanques i molt il·luminades. M'aturo, no goso entrar en cap.

Sento rialles i converses distorsionades. Continuo caminant. Aquest passadís no s'acaba.

Una mena de música desconeguda em balla pel cap mentre esguardo una de les grans sales. És innegable que reposar la vista dins d'aquesta sala em retorna a un estat de placidesa.

No hi entro. No em pertany. Me'n retiro i m'allunyo.

On és la veu? Vull tornar a sentir la veu.

M'esforço per repassar, per enèsima vegada, tots els meus moviments i no puc recordar més enllà d'aquest moment. D'aquest instant. Centenars de dubtes i temences em bullen al cervell.

Placidesa, neguit, por, confusió.

L'ombra surt d'una de les sales. Camino apressat. No la vull tornar a perdre.

Ve al meu encontre, i, abans d'esvair-se de nou, em diu: «Bon traspàs».

M'aturo de cop.

El meu cervell s'omple d'imatges. El cotxe..., Copa Cabana..., noies..., alcohol..., llums que em ceguen..., furgoneta..., cop de volant..., glopada d'alcohol..., aterratge..., ofec..., Joel!

3
BLANCA

Jugo a ser com el meu nom. M'agrada el meu nom. Sona com el principi de tot. El principi del principi, quan encara tot està net, sense ombres, sense taques, com el full en blanc on inscriure els somnis, o un paisatge de neu intacte, sense trepitjar.

De sobte, un sotrac em sacseja.

El cotxe d'en Max és una gavina que planeja.

Volar és abastar-ho tot. Volar és tenir el món als teus peus.

Sé que no hi puc fer res. Sé que a en Max li ha arribat l'hora de venir amb nosaltres.

El vull acompanyar.

Aquí les coses no pesen. Res no pesa quan acceptes que ha de ser així.

Tampoc el temps.

I en Joel? No vull que estigui sol i li envio la veu perquè li acaroni els cabells.

Hi ha coses que es poden fer. No sempre. És el desig, que travessa dimensions. No sempre.

Ni tothom. Alguns van més lluny. D'altres només juguen.

Només sé que mai no vols tornar quan ho has entès.

4
JOEL

Passen els dies. No em cau ni una llàgrima. Se m'han assecat els ulls com la sorra del desert.

Tot passa lluny. Les coses no formen part de mi, sinó d'un món aliè. El metge que m'examina em comenta que no em preocupi si tinc buits de memòria, que és normal en aquests casos. A quins casos es refereix exactament? Vull preguntar, però callo.

La Patrícia m'esguarda amb preocupació i jo només tinc ganes d'estimar-la.

Me la trobo plorant en silenci al bany. M'assec al seu costat, li agafo les mans, acosto els meus llavis a la seva cara i m'empasso les seves llàgrimes, me les menjo. «Sóc aquí», li dic, «sóc aquí».

Ella m'abraça i ens quedem així per no dir-nos res. És un temps fora del temps, com si tot el món estigués aturat, els rellotges congelats, els records enterrats. L'endemà no existeix i ens sostenim tots dos dins un núvol càlid.

Esmorzem i em mira mentre em bec el cafè.

—És estrany, Max —em diu ella.

—El què? —faig distret.

—Tu... És com si... No ho sé... Fas coses... diferents...

La miro i callo. Un pessic de por em ressegueix l'estómac.

—Ja sé que els metges van dir que podies patir certa amnèsia, però... és més que això...

—Què vols dir?

—Abans no prenies cafè perquè se't regirava l'estómac, no em preguntaves mai què volia, ni com estava, no em miraves als ulls..., ni regaves mai les plantes..., ni t'adonaves que hi havia plantes, i sobretot, quan em toques...

—Què passa?

—Sento que realment ets amb mi i no pensant en altres coses, com sentia abans.

—És per això que plores? Perquè ja no sóc el Max d'abans?

—No, no és per això. És per en Joel.

—Per en Joel?

—Ja saps com l'estimava, també, encara que ell...

—No, Patrícia, no ho sé. Com l'estimaves?

—Millor que no en parlem. No vull que tornem a discutir per això, Ara..., però, no sé què em passa, si sóc jo o... A vegades et miro i veig els seus ulls, la seva mirada dins teu, i tinc por, molta por, i...

—No diguis res més —i li passo els dits pels llavis.

Ens abracem i el cafè s'aboca i fa un regueró damunt la taula. Ella em comença a fer petons al coll i jo li mossego els llavis suaument i...

... fem l'amor per primera vegada.

Ella no sap que és la primera vegada, però jo sí.

I ho he entès.

He entès que pots fer sexe amb qualsevol. Tant és. No importa. Però l'amor només es pot fer amb algú que estimes de veritat, i aleshores és tan intens i profund que ho saps. No en tens cap dubte. Ho saps.

Dormo malament, em regiro enmig de malsons. Em persegueixen els crits d'en Max. El veig atrapat entre el volant i el seient, amb la cara desfigurada, i després, de sobte, és un nen i em mira amb un odi que em perfora. M'ofega amb les seves mans dins el riu, em roba els balins i els cromos, m'estripa els dibuixos en mil bocins, em crema els treballs d'escola i m'omple el llit d'escarabats... Tot és confús, la realitat i el deliri del somni, tot és u, i l'única cosa real i palpable és la por i els batecs del cor alterats com un tatuatge inscrit a les entranyes.

Em desperto a mitjanit i sento el seu alè damunt meu. Noto els seus ulls negres clavats als meus com una aranya. Xisclo.

Al matí la Patrícia em diu que m'ha vist aixecar-me moltes vegades, que s'ha trobat totes les finestres obertes i les plantes dins del menjador, cobertes amb una manta. Hi ha el vidre d'una foto d'en Max i la Patrícia en un viatge a Eivissa escampat pel terra del menjador. Recollim els vidres plegats en silenci. Fa calor i vaig sense samarreta.

La Patrícia em mira amb preocupació:

—I la taca? —pregunta assenyalant-me la panxa.

—Quina taca?

—La taca que tenies a tocar del melic.

Recordo que el meu germà tenia una taca com una avellana a la panxa. En parlàvem de petits i els pares deien que era un desig de la mare. Jo em preguntava per què només el tenia ell, el desig de la mare. De xocolata, deia ella.

Tot això era quan ella estava bé, i rèiem com qualsevol família normal, abans de tot, abans que marxés el pare i el món caigués fet miques.

—No ho sé, Patrícia, estic tan sorprès com tu —faig sense saber què dir, mirant-me el melic, i ric intentant treure-hi importància.

Ella també riu. L'aire s'omple d'estrelletes brillants quan ella em somriu així.

Sona el telèfon i trenca el moment.

—És per a tu —em diu ella.

Una veu enèrgica a l'altra banda fa:

—El senyor Max Ametller?

—Sí?

—El truco des del psiquiàtric La Divina Providència. És per comentar-li que la senyora Estela, la seva mare, fa dies que ha empitjorat. Potser...

—Sí?

—Està més agitada i diu coses que no entenem. Potser convindria...

Dic que l'aniré a veure i que parlaré amb el seu metge. Havia anat ajornant la visita de la mare. No sabia com... explicar-li tot... l'accident... tot.

Em sento perdut. En Joel, aquell noi que no gosava alçar la veu a ningú i es movia sense fer soroll per no molestar. La mare m'abraçava i m'explicava el conte de les set cabretes i el llop, i em deia que el llop era bo, que només volia gastar una broma a les cabretes, que anaven tots a la mateixa escola i jugaven a saltar a corda al pati. I jo m'ho creia. En els contes de la mare tots eren bons, ningú no es moria, ningú no patia. Eren una bassa d'oli.

Recordo un dia que a classe la mestra va explicar el conte, com el llop es menjava les cabretes, i jo li deia que no era així, i plorava.

La mare em volia protegir de tot..., fins i tot de l'aire que respirava, i, sobretot, de la gelosia malaltissa d'en Max. A les nits, quan tancava els ulls, em deia: «Seràs molt feliç i no et passarà mai res dolent, ho saps, oi?». Jo volia creure-ho, i la deixava dir. Segurament la mare no era com les altres mares, mai no ho havia estat.

Un dia la vaig trobar llençant a la llar de foc unes fotos. Vaig tenir temps de veure el rostre d'una nena preciosa d'uns sis anys que mai no havia vist. Es va girar i em va cridar que anés a jugar a fora. A vegades se li transfigurava la cara i els ulls se li omplien de buidor. Feia por. Li parlava i era com si no m'escoltés, com si ella estigués lluny, en un altre món. S'oblidava de fer-nos el dinar, de despertar-nos al matí per anar a escola... S'oblidava que érem allà i érem els seus fills. Després, quan tornava del seu viatge íntim, jugava amb nosaltres i aleshores semblava una nena més. Reia, es divertia.

Els jardins del psiquiàtric són tèrbols, gèlids. Travesso el camí fins a la porta principal de l'hospital. Són les sis de la tarda d'un vespre d'hivern i les finestres s'amaguen darrere la boira baixa. Tinc la sensació de ser observat per tot d'ulls invisibles; la sensació que un perill em sotja de manera imminent. Apresso el pas.

El doctor Strogoff em mira per sobre de les ulleres:

—Em sap greu, però la seva mare ha empitjorat d'una manera inexplicable aquests últims quinze dies. Abans tenia estones de connexió amb la realitat i feia sempre cas a les assistentes. No causava problemes..., i fins i tot havia fet alguna amistat amb algun altre pacient, però...

—Sí?

—A les nits s'aixeca, i com que troba la porta tancada comença a cridar com si tingués mil dimonis a dins... Repeteix constantment amb angoixa que està atrapat, que l'ha de socórrer, que truquem a l'ambulància, que...

—I diu a qui?

—A vegades diu Joel, a vegades crida Max, d'altres... Blanca.

—Blanca?

—Sap qui és?

—No, en absolut.

—Ja, perdoni..., però hi ha alguna cosa que hagi passat últimament que no li hagin fet saber, a la seva mare...?

La pregunta del doctor Strogoff queda suspesa a l'aire tot fent un arc. Les paraules s'inflen i després, «pluff», exploten... No en queda res..., només un silenci lleuger.

—Perdoni, em sent? Li passa alguna cosa?

—Sí, és que estic una mica trasbalsat. Tot plegat... El meu germà va morir fa quinze dies i..., és clar, no vaig voler afegir cap preocupació a la mare i...

Els llavis em tremolen i les paraules se m'emboliquen a la nou del coll.

El doctor Strogoff m'esguarda amb posat greu i les celles arrufades.

—No sé si l'entenc, però... En tot cas, és millor que ho sàpiga, encara que li sembli que ella és en un altre món. Era el seu fill, té dret a ser-ne informada. Cal, ho entén?

Faig que sí amb el cap.

—Vingui, l'acompanyaré a la sala on és ara.

Segueixo el doctor pel llarg passadís. Tinc un nus a la gola. Voldria trobar-me la mare que un dia em va curar una ferida del genoll, la mare que em cantava cançons perquè m'arribés la son, la que es banyava al riu amb nosaltres, la que somreia quan el pare feia el pallasso, la mare que m'escoltava quan li explicava els partits de futbol al pati..., però...

Ella seu amb un vestit de llunes i la mirada fixada finestra enllà.

—Mare —faig amb un fil de veu.

Ella es gira i enceta un somriure trist. Té les pestanyes fràgils com una papallona i li tremolen les parpelles.

—Joel, on eres?

—Sóc aquí, mare.

—No surtis de nit. A fora és ple de perills... Són ells, saps? Són dolents, no te'n pots refiar...

—Mare...

—... No surtis de nit...

—Em sap greu haver tardat tant, però han passat coses...

—Coses...

—T'haig de dir...

—Tinc massa coses al cap, pensaments... Entens els pensaments, tu, Joel?

—Mare, vam tenir un accident.

L'Estela es tapa l'orella dreta i llença una rialla:

—Ha tornat a entrar, la mosca empipadora. Només fa que ficar-se'm dins l'orella. És blava, una mosca blava.

—Ell... no se'n va sortir...

—A la nit neva, la neu tapa les petjades, no hi haurà rastres ni records, només la neu.

—Mare, em sap greu —i poso la mà a sobre de la seva.

Ella m'agafa la mà i em torna a somriure.

—No et passarà res dolent, Joel. Tens el teu àngel, recordes?

I la seva mirada, per un instant, és com aleshores, quan venia a acotxar-me en els malsons, només un instant, i... torna a fugir per la finestra dins la boira.

—Jo no volia... No sé què em va passar. Se'm va paralitzar el cos, però no volia... I sí volia —dic més fluix—. Ho entens?

Ella em passa la mà pels cabells i ens quedem així, en silenci, escoltant les remors de records molt llunyans que ens tornen com onades dòcils a la platja.

De sobte, la porta s'obre. És l'assistenta, que ve a buscar-la per anar a sopar.

—Au, senyora Estela, ja pot estar contenta, ja, amb aquest fill tan ben plantat que té! Vinga, que el sopar es refreda, i avui tenim sopa de carbassa. Es queda, el seu fill?

5
MAX

Tinc por. La mateixa por que vaig sentir quan el pare em va dir que marxava de casa.

Aquella tarda li vaig demanar amb llàgrimes als ulls que se m'endugués, però em va abraçar i em va dir que havia de ser fort i fer costat a la mare i a en Joel.

Sense deixar d'esbullar-me els cabells, em va dir a cau d'orella que jo era valent i fort, que era el que més s'assemblava a ell. Dos dies més tard, el vaig haver de veure marxar. Em va tornar a abraçar i em va dir: «Max, tot anirà bé, no pateixis, no us deixaré mai. Tornaré».

Quan va tancar la porta, vaig notar un líquid calent que em mullava l'entrecuix fins a filtrar-se pels mitjons i aturar-se a les vambes.

Em vaig afanyar a anar al bany, però de cop les rialles que sortien del menjador em van aturar. La mare i en Joel jugaven al parxís com si no hagués passat res.

Em vaig trobar sol, sol com estic ara.

M'espolso el record i torno a caminar pel llarg passadís.

M'adono que gairebé a totes les sales hi ha algú mirant pels grans finestrals.

Entro en una sala que està buida. Lentament, m'acosto al vidre.

No m'ho puc creure. Veig casa meva. La meva col·lecció de cotxes esportius, la moto que em vaig fer portar d'Estats Units, el moble bar on tinc guardats els licors...

S'obre la porta.

Entra la Patrícia i en... Joel...

Pico el finestral. Crido! No em poden sentir.

«Patrícia! Fes-lo fora!»

Es mou com si fos casa seva.

Es petonegen com dos adolescents. Però què fan?

L'agafa a coll i se l'emporta a l'habitació!

Es llencen damunt del llit!

M'aparto del finestral. Surto al passadís. Els batecs del meu cor trenquen el silenci.

Tant de bo hagués matat en Joel aquell dia d'estiu quan estiuejàvem en un poble de la Cerdanya i jugàvem al riu i vaig sentir una força sobrenatural que em manava ofegar-lo.

Gairebé ho aconsegueixo, si no hagués estat per aquell home que amb botes d'aigua i canya de pescar em va preguntar des de l'altra banda del riu si tenia problemes.

D'una revolada, el vaig treure.

Respirava amb dificultat i tenia els llavis morats.

El vaig bufetejar i sacsejar fins que va vomitar.

Com haurien canviat les coses si l'hagués ofegat!

En Joel, el nen de la mare, el fill modèlic que embolcallava la mare amb abraçades i petons quan el pare va marxar.

Jo també intentava abraçar la mare, però ella em menyspreava com si estigués posseït pel dimoni.

Vivia atemorit pensant en l'infern, en els nens que xisclaven quan es cremaven dins del foc vermell i pudent.

L'infern on m'enviava la mama.

Durant molt de temps vaig tenir por de morir-me. Suposo que per això cada nit mullava els llençols.

Per què a en Joel sempre li deies que tenia un àngel? I a mi, que era com un dimoni?

Escombro el record.

No tinc noció del temps.

Quant fa que sóc aquí?

Torno a la sala. M'acosto al gran finestral.

En Joel i la Patrícia jeuen al llit amb els cossos lluents de suor, abraçats, petonejant-se...

Vull desaparèixer de davant del finestral, i de sobte sento dir a la Patrícia: «Max...».

Li diu Max! Pico al finestral cridant: «És en Joel, Patrícia! És en Joel! I ho saps!».

Llisco fins a tocar el terra. El meu cervell és un batibull d'interrogants.

No pot ser que aquell bleda m'hagi suplantat i ella..., ella...

Amago el cap entre les dues cames.

Sento passes que s'acosten i s'aturen al meu davant. Aixeco una mica el cap i veig les meves sabates italianes.

M'aixeco d'una revolada pensant que podria ser en Joel. Me'l miro amb atenció. Sóc Jo?

Sento la meva fúria, la meva ràbia, veig el meu somriure més sarcàstic. Arrencaria a córrer, però la por em paralitza.

—Hola, Max. Com va això d'estar mort?

—Calla! No sé què dius!

—Quan t'adones que has perdut la vida, t'aferres a la mort com si ella et pogués dur la salvació...

—Calla! Marxa!

—No t'has plantejat que et podies trobar amb tu mateix, oi? És clar!

Per què? Si no ho has fet en vida....

Arrenco a córrer i m'amago dins d'una sala on no hi ha ningú!

Perdo la noció del temps, i, de sobte, sento la meva cançó.

Tremolant, m'acosto al finestral i veig un enterrament.

L'església és plena a vessar: amics de l'escola, de l'institut, el veïnat sencer.

Tothom plora desconsoladament. A la plaça de l'església, grups de gent que no hi han pogut entrar s'eixuguen els ulls amb mans tremoloses i mocadors esmicolats.

Sento els comentaris. M'arriben i em martellegen el cervell.

«Pobre Joel, sempre se'n van els millors. Era la millor persona que he conegut, tenia un gran cor, sempre disposat a ajudar tothom...»

Observo dues dones grans, dues àvies, i les escolto:

«La setmana passada va venir a casa i em va pintar tot el menjador —plora—. Feia quinze dies que l'havia cridat perquè vingués a buscar un mocador per a l'Estela, la seva mare, i quan va entrar i va veure que tenia les parets plenes d'humitat em va dir: "Angelina, quan pugui vindré a rentar la cara d'aquestes parets!" —sanglota—. Jo li vaig dir: "Joel, fill meu, m'agradaria molt, però no et puc pagar...". Ell va somriure i va dir: "Qui ha parlat de diners?". I agafant el mocador em va donar les gràcies amb un somriure. "La mare estarà contenta." I va venir a pintar. Ai, que Déu em perdoni, però no deixo de pensar què se'n farà, de l'Estela...»

Ja en tinc prou! Colpejo el vidre, em giro i em topo amb ell.

—Has vist la Patrícia?

—No...

—Si la vols veure, la veuràs.

La busco i la trobo. Està acompanyada dels seus pares, de la Carla i la Iris, les seves millors amigues, que intenten consolar-la.

—Mira-la bé, ara parlarà.

Veig que el mossèn la convida a pujar. Ella ho fa fent tentines i amb llàgrimes als ulls.

S'acosta al micròfon. La veu li tremola: «En Joel tenia un mapa de la vida molt particular —sangloteja—. Era un ésser especial. Sempre recitava una frase de Schweitzer que avui té un significat especial... "L'única cosa important, quan ens n'haurem anat, seran les traces d'amor que haurem deixat."

I avui, amb la vostra presència, ens ha demostrat tot l'amor que ens ha deixat. Joel, sempre estaràs entre nosaltres. Mai no t'oblidarem».

La Patrícia baixa de l'altar.

—Creus que hauria dit el mateix de tu? —em provoca el meu jo.

—No ho sé... —li clavo la mirada per primer cop—. On sóc jo?

—Potser dins la caixa, no creus? —somriu sarcàsticament.

Li clavo la mirada per primer cop i ell sap el que penso.

—Et refereixes a en Joel... Ell no hi va ser, al teu enterrament, per ordre facultativa. De fet, saps de sobres que no hauria pogut aguantar. S'hauria aixecat i hauria cridat que el que era dins la caixa eres tu.

—Segur... —és tot el que puc dir.

M'allunyo del finestral i m'imagino dins la caixa, rígid, immòbil, privat de vida..., i m'estremeixo.

—Has de deixar de preguntar-te per què ets aquí.

—Deixa'm.

—En Joel no ens va poder salvar, estava en xoc i la nostra vida s'escolava.

—Què saps tu?

—Sóc la teva ombra.

—No et suporto! —li crido, i surto de la sala.

—No t'has suportat mai. Sempre has tingut por de saber com ets... —diu seguint-me.

—Deixa'm d'una puta vegada!

—Estàs gelós.

—De què parles? —m'aturo i el veig, em veig i em repugna.

—D'en Joel, sempre n'has estat gelós.

—Gelós d'aquell figaflor? No em facis riure!

—Riu tant com vulguis, però saps que ell mai no ha hagut de demostrar ser el que no és.

—Un covard?

—Potser el covard has estat tu. Potser sempre t'ha fet fàstic ser com ets.

Arrenco a córrer pel passadís i ploro.

Quan m'aturo, em deixo caure a terra, i, darrere d'una columna blanca, els records viscuts s'amunteguen els uns damunt dels altres i m'envesteixen.

Tinc un tresor amagat sota el safareig dins d'una capsa de sabates. La mare i en Joel han marxat després de dinar. Estic sol i he aprofitat tota la tarda per sortir de cacera. La tarda s'apaga i ells no tardaran a arribar. M'afanyo i vaig a l'eixida. M'arrossego per terra fins que trobo la capsa. En sortir, em faig mal al cap amb el cantell del safareig de pedra i m'aturo de cop. Em frego el cap, em miro la mà. No m'he fet sang.

M'aixeco, recullo la capsa i amb molt de compte llenço a dins el que he caçat. El so m'esgarrifa. Així, a cop d'ull, en tinc tants que se'm fa difícil comptar-los. N'hi ha que no es mouen.

Entro dins de casa i enfilo les escales que em porten a l'habitació amb la capsa sota el jersei. Aixeco el cobrellit, els llençols i buido la capsa.

M'haig d'afanyar a tornar a fer el llit. Alguns escarabats s'escapen; d'altres, tinc temps de tapar-los. Lligo els llençols molt ben lligats sota el matalàs, estiro el cobrellit. Perfecte!

Noto el moviment i no dubto a llençar-m'hi al damunt. Algun «crac-crec-crac» arriba a les meves orelles. M'esforço a tornar a deixar el llit ben fet i baixo corrent al menjador.

Mentre estic acabant de construir una caseta de maons minúsculs, arriben en Joel i la mare. M'aixeco per fer un petó a la mare. Ella no me'l torna.

El figaflor s'acosta a la taula i diu que s'ha menjat un gelat de maduixa gegant. Arronso les espatlles.

Sopem, i quan la mare anuncia que ja és hora d'anar a dormir, m'acomiado amb un «bona nit», mentre en Joel se li llença al damunt i l'abraça. La mare somriu i el reté amb força. Enfilo les escales, m'afanyo a rentar-me les dents i, seguidament, entro a l'habitació i m'estiro al llit, esperant. Quan entra en Joel, faig veure que llegeixo, però de reüll observo tots els seus moviments: Agafa el coixí, el pica amb les dues mans i es posa dins del llit, distret. Deixa anar un crit esfereïdor. Sortint del llit i espolsant-se els escarabats que duu enganxats al pijama, salta sense deixar de cridar i els trepitja amb els peus nus. Plora, brama, se'ls treu del damunt. «Calla, gallina! —li dic sense alçar la veu—. Si puja la mare, et mato.»

En Joel s'empassa els crits de cop. Sap que li dic la veritat. Agafa una raqueta vella i els mata, i els mata. Desfà el llit i continua matant.

Sanglotant i plorant com una nena, els arracona en un racó sota la finestra. Alguns s'escapen; moriran aviat. Al matí he tingut cura de ruixar l'habitació.

Li ordeno que faci el favor de no fer el titella. Ell obeeix sense deixar de plorar.

Ell, que és incapaç de matar un mosquit, avui ha fet una massacre.

Sé que no dormirà en tota la nit i estic satisfet.

Tanco el llibre, apago el llum i li pregunto com estava el gelat de maduixa.

Ell plora.

Tanco els ulls, amago el cap entre els genolls i només tinc ganes de plorar.

L'ombra ve cap a mi fent grans gambades. M'aixeco d'un bot i m'hi encaro.

La vull agafar pel coll, però no puc.

—Tranquil!

—No vull reviure res més! No vull recordar! —li crido—. Per què haig de reviure moments que van passar fa tants anys? Per què?

Sento que la veu em retorna a les orelles, com gemecs de desesperació. Pel que fa a l'ombra, no diu res, i el seu mutisme m'espanta.

Sento un soroll que conec i que sempre m'ha agradat. La porta de la meva habitació. Entro dins la sala propera i m'acosto al gran finestral.

En Joel surt descalç de l'habitació on jeu la Patrícia. S'acosta al balcó i agafa les plantes amb cura, i una a una les entra dins del menjador i les tapa amb una manta. «Merda! Merda! Estafador!», li crido amb totes les meves forces.

—No et cansis, no et sent —em diu l'ombra.

—M'estic tornant boig! És a casa meva. Fa l'amor amb la meva dona i...

—I viu la teva vida —em talla.

—No podrà! Ja ho veuràs, no podrà! El remordiment se li enganxarà com una aranya i a poc a poc li anirà teixint la teranyina que farà que s'ofegui!

—No sabem el que pot passar al món dels vius... Podem veure tot el que ha passat i passa, però el futur... El futur, encara no podem saber-lo, potser més endavant...

—Conec en Joel!

—I la Patrícia, t'has preocupat de conèixer-la?

—Ella no es pot creure que sóc jo!

—No? I doncs què fa amb ell?

Sorolls quotidians de nou. M'acosto al finestral. És el telèfon. En Joel l'agafa. «Qui és?», em pregunto mentre m'allunyo, i de reüll veig la cara desencaixada d'en Joel.

6
PATRÍCIA

No em puc treure del cap la matinada en què el so del mòbil em va despertar.

Les paraules entraven dins del meu cap com esperons esmolats. Un accident... Un hospital... Un ferit greu... Un mort...

Un horror mut.

Un silenci buit.

I... aquell pes que m'oprimia el pit amb tanta força que era com si m'haguessin posat un maó pesat que no em deixava respirar.

No puc esborrar la imatge del cos que em vaig veure obligada a identificar, perduda dins la boira d'un sentiment precís: la por.

L'havia estimat en silenci i dins d'un silenci fred em vaig acomiadar d'ell.

Adéu, Joel...

Han passat els dies i la incertesa se'm passeja com una ombra prenyada d'interrogants, com la pluja menuda i insistent.

Amb en Max...

Em deixo estimar, sento la frescor dels seus llavis, la cremor dels seus ulls damunt del meu cos i em perdo dins l'onada salvatge i nova quan fem l'amor.

Tots dos ens deixem portar per un desig delirant ple de tendresa. Em pregunto si ara ens estimem tant perquè necessitem oferir-nos protecció per oblidar el drama de la mort.

Quan t'adones que la vida s'estripa, et replanteges un munt de coses.

Ara té cura de les plantes. Potser perquè s'ha adonat que tenen vida?

No ho sé.

Hi ha moments que em sento profundament aclaparada pels dubtes.

L'observo d'amagat i veig que tanca els ulls amb tanta força que tinc el pressentiment que li agradaria desaparèixer. I em pregunto per què?

7
JOEL

A la nit les ombres ballen al balcó, cada vegada més grans i més fosques. A les orelles em ressona la *Missa solemnis* de Beethoven. No me la puc treure del cap. Torno a sentir una presència que voleia pels racons de la casa, i un pressentiment, com un gel que m'entra al cos, que em recorre l'espinada. No me'n puc desfer. Em regiro al llit inquiet.

Contemplo la Patrícia mentre dorm. Els cabells li cauen sobre els ulls i li dibuixen camins a la cara. La lluna, que entra pels porticons, li acarona la galta. Contemplar-la foragita les ombres i m'omple d'una serenor difícil d'explicar.

L'endemà em desperta un sobresalt, com si acabés de caure d'un setè pis. Miro al meu voltant. La Patrícia no hi és. El coixí és a terra i els llençols estan regirats. Em sento terriblement esgotat.

Em trobo la Patrícia a la cuina prenent un cafè amb llet. Llegeix *L'hipnotitzador.* A la coberta hi ha unes cames sobre un bassal de sang. No s'adona que sóc allà.

La Patrícia, quan llegeix, s'aïlla de tot i em recorda la mare quan fugia al seu món. Jo havia après a respectar-li-ho, a deixar-la viatjar. Sabia que després tornava i que era perillós treure-la d'aquell trànsit sobtadament. Es podia espantar.

Vaig al despatx. Tot és ple de papers d'en Max: sobres sense obrir, llibres d'economia, *Els secrets de la borsa*, *Les finances al segle XXI*... Són paraules i sons estranys; tot plegat, un llenguatge que no entenc.

La Patrícia espera que torni a treballar, que em recuperi, que sigui en Max-Max, o no? Sé del cert que mai no podré fer-ho. Mai.

Em miro la paret blanca i clavo la vista en una petita taca vermella... És el punt d'una *i* fet amb retolador permanent, o una gota de sang?

M'imagino pintant aquella paret, barrejant el blau cel amb el roig sol, buscant la mesura exacta d'un color que encara no existeix, d'un color que m'esborri els malsons i les fiblades al centre del cor... Un color on només existeixi la Patrícia, el seu somriure i jo. Però, qui sóc jo?

Aleshores m'estremeixo. Hi ha un sobre blanc ben posat damunt l'escriptori que diu «JOEL», amb unes lletres vermelles que tremolen.

Agafo el sobre amb el batec del cor als dits. L'obro. A dins només hi ha un paper amb una frase:

Joel, tu no em pots veure, no em pots sentir, però sóc constantment aquí, al teu costat, no et deixaré en pau.

Max, el teu germà

M'atrapa un núvol d'angoixa. Decideixo ficar-me a la dutxa. Vull que l'aigua s'endugui aquella sensació de tenir el meu germà a tocar, allà, espiant-me, darrere meu, amagat entre les cortines, dins l'armari, o sota l'estora. El cor em batega a cent. Poso la cara sota el raig d'aigua càlida i tanco els ulls. Vull deixar la ment en blanc, que no hi hagi res dins el meu cap. Zero paraules. Zero culpa. Zero por. Res, blanc, buit..., però el cap em comença a rodar i murmuro, com una pregària inútil: «Deixa'm estar, no et vull veure, no et vull sentir, deixa'm estar, no volia, Max, de veritat que no volia...».

Aigua i més aigua estèril bat contra el meu cos, però tot resta intacte: el dolor com un tatuatge etern, les ferides sense cicatritzar, les llàgrimes als llavis que et tallen l'alè... Tot resta intacte.

Tanco l'aigua i m'embolico amb la tovallola.

Aleshores, sento la seva olor, com si fos allà, amagat sota el baf de la dutxa. Sento aquella olor de massatge de bambú que m'irritava tant i m'entrava pel nas i se m'enganxava a la gola.

«Deixa'm en pau, Max, deixa'm!!!», crido.

Després la porta del bany ressona:

—Max, què passa? —fa la veu de la Patrícia.

La seva veu s'enduu els fantasmes com un vent càlid i respiro. Quan la Patrícia em parla, torna la calma. Em diu que estic pàl·lid, que si em trobo bé. Li dic que sí, que no es preocupi. Després em diu que ha estat pensant en tot plegat, que vol anar a veure la meva mare, que pensa que ha empitjorat perquè ningú no la va a veure.

—En Joel sí que hi anava —afegeix—, però tu...

—Patrícia, ella no és conscient, saps? Pot ser que ni et conegui, que et confongui amb algú altre.

—A tu et va conèixer? Què et va dir?

Les preguntes a vegades són com petits pessics que t'entren al cervell i per molt que vols esquivar-les no pots; entren a dins i et roseguen.

—Joel, em va dir, Joel —murmuro.

—És clar —fa ella amb un fil de veu.

Jo callo. Voldria amagar-me, no sentir el pes del meu cos, fer-me lleuger i invisible, però sento que tot jo em delato, i que no puc enganyar gaire més la Patrícia. Aleshores, la perdré, la perdré per sempre, i això serà pitjor, molt pitjor que estar mort.

—L'aniré a veure... Si no em vols acompanyar, hi aniré sola —conclou. S'aixeca, agafa l'abric i marxa amb un cop de porta.

Miro al balcó i veig una garsa que em mira fixament. Té els ulls d'en Max. Els ulls de moniato cru del meu germà.

Una ventada llença el test de pensaments liles a terra i la garsa arrenca el vol.

De sobte, m'imagino la Patrícia parlant amb la mare, i que la mare li diu: «No és en Max, Patrícia, és en Joel. En Max és mort. Mort». Però no tan mort, penso jo. Potser el cos és mort, però el seu odi, la seva mirada, les seves rialles em persegueixen tothora.

Surto de casa decidit. Agafo el cotxe i enfilo el carrer a tota velocitat en direcció a Els Sants Perduts. Hi haig d'arribar abans que ella. La Patrícia no ho pot saber.

Plou. Una pluja lenta esborra els contorns i els colors de les cases. El cel és gris plom i travesso l'últim semàfor per agafar la carretera de la costa. La mateixa carretera on vam volar en Max i jo. Podia haver estat jo qui m'hi hagués quedat!

Ara penso que tant de bo, que hauria estat un descans deixar de patir per sempre... Però, és realment això, la mort? Si l'esperit d'en Max em persegueix, és perquè d'alguna manera no pot descansar en pau, i estar mort i a més a més no poder reposar encara deu ser molt més terrible.

Per un moment em compadeixo d'ell. Me l'imagino en un espai entre mons, sense lloc, perdut i sol, i desitjo ajudar-lo. Penso que li escriuré, que li preguntaré què puc fer per ell, però... i si em demana que digui la veritat, que m'entregui a la policia, que deixi la Patrícia?

Ara sento que em tremolen els braços i les cames, i agafo el revolt massa obert i veig una moto que em ve de cara. Tot passa molt de pressa. Giro a la dreta per esquivar-la i veig un arbre davant meu. Giro a l'esquerra per esquivar-lo i... tanco els ulls i deixo anar el volant...

Buff..., torno a ser a la carretera. Miraculosament m'he salvat. Encara no entenc com ha estat. Per un instant he sentit com si algú prengués el volant per mi i agafés el control del cotxe. El cor encara em batega a cent i estic suat de dalt a baix, però no puc parar, haig de continuar, haig d'impedir que la Patrícia parli amb la mare, aturar-la.

Es posa a ploure més fort, rabiosament, com si el cel estigués enfadat. No veig la carretera. Només sento el repic de les gotes contra el vidre del cotxe i penso que hauria de parar, però gairebé hi sóc. Una mica més i arribaré al camí que porta a l'hospital.

Aparco el cotxe i deixo anar un sospir. Veig el cotxe de la Patrícia a l'altra banda. Encara tinc l'esperança d'arribar a temps.

De sobte, para de ploure i es fa un silenci fantasmagòric. L'edifici sembla abandonat, desert, com si tothom hagués fugit. Quan m'hi apropo, distingeixo algunes ombres entre les llums de les finestres.

Topo amb la Patrícia a l'entrada. Em mira amb sorpresa i m'abraça.

Em demana que la tregui d'allà, que té el cor encongit com un ànec.

Marxem agafats de la mà. Noto que em prem els dits, fort, com si tingués por de deixar-me anar.

—Tinc gana —diu—. Em convides a sopar?

8
MAX

Camino com un autòmat per aquests passadissos que no s'acaben mai.

És com cercar l'horitzó, aquell horitzó que, a mesura que t'hi acostes, s'allunya i s'allunya i se't fa inabastable...

He entrat dins d'un munt de sales buides i a través dels grans finestrals he accedit directament a la vida. Quina contrarietat la meva, quin caos...

Aquí tot és intemporal, independent del curs del temps.

He vist en Joel escriure amenaces contra ell mateix, l'he vist fent l'amor amb la Patrícia, l'he vist vivint una vida que no és la seva.

Noto la seva por i el seu remordiment.

Hi ha moments que no puc deixar d'observar-lo; d'altres, no el vull veure més.

Però aquests finestrals són com imants i sense voler-ho me n'allunyo, i sense adonar-me'n m'hi acosto.

La primera vegada que l'he vist escriure, en Joel, somnàmbul, no he pogut deixar de somriure.

Estic cansat de donar voltes com un gat engabiat.

Ara entenc com es va sentir el gat d'en Joel abans que el pogués caçar i el pogués fer desaparèixer.

En aquell moment, la ràbia i l'odi em feien sentir imbatible. Ara només sé que no sóc res, i que tots aquells sentiments s'estan esvaint com el fum.

S'acosta la meva ombra. Fa estona que no la veig. Fins i tot estic content de tornar-la a tenir al davant.

—Es pot saber on eres? T'apropes quan no et necessito i t'esfumes quan...

—Marxo quan m'adono que la meva presència t'angoixa —em diu.

—Angoixar no seria la paraula. No m'angoixes, em repugnes.

—És curiós, en el fons, sempre has sentit el mateix per tu —em provoca.

No pot ser possible el que acabo de veure!

—Es pot saber què et passa? Sembla que hagis vist un fantasma —riu sorollosament.

—Sí, he vist un fantasma...

—Aquí n'està ple!

—He vist el meu pare.

—On? A quin finestral? —em pregunta mirant a tots cantons.

—Aquí, l'he vist aquí. Acaba de passar.

L'ombra s'esfuma, desapareix i jo m'omplo d'un odi primitiu.

No em vull moure, potser torna a passar.

El sol fet de saber que el pare és aquí, entre aquestes sales blanques i impol·lutes, em fa sentir feble.

Què hi fa, aquí?

I si se m'acosta..., fugiré?

Em va trair, em va fer creure que tornaria, que mai no m'abandonaria, i durant un grapat d'anys el vaig estar esperant...

Entro dins d'una sala i gairebé m'amago. L'ombra torna i se m'acosta.

—Has parlat amb ell? —li pregunto.

—Jo? Jo sóc la teva ombra. Només puc parlar amb tu, només tu em pots veure. O és que encara no t'ha quedat clar? Estàs mort, Max.

—Merda! Prou que ho sé!

Surto de nou al passadís. Està buit.

Tinc el neguit arrapat al cos com una paparra i mil interrogants se'm passegen per la ment. Camino. No vaig ni de pressa ni a poc a poc. Observo cada una de les sales.

Avanço i de sobte veig algú que ve corrent. M'aparto perquè pugui passar i de cop la nena més maca que he vist mai s'atura al meu davant.

—Max! Max! —em diu agafant-me la butxaca dels pantalons.

—Què passa?

—Ens hem d'afanyar. El nostre germà condueix a gran velocitat per la carretera on vàreu tenir l'accident.

—Però... què dius? Qui ets tu?

—Ja t'ho explicaré, no preguntis i mira, mira —m'empeny cap a dins d'una sala sense deixar-me anar i m'acosta al finestral—. Ajuda'm, Max, l'hem d'aturar.

Desconcertat, miro pel finestral. En Joel condueix a gran velocitat. Plou. L'asfalt llisca. Una moto baixa el turó en direcció contrària a tota merda.

Tanco els ulls i em trobo agafant el volant amb totes les meves forces. Entre la nena i jo aconseguim controlar el cotxe. Esquivem l'arbre on estava a punt d'esclafar-se i entre tots dos adrecem el cotxe amb un cop de volant.

Tinc la intenció de posar-li la mà damunt la seva espatlla tremolosa, però ell fa el gest d'apartar-la. El cor d'en Joel batega amb tanta força que per uns instants em fa sentir viu.

En Joel sospira profundament i redueix la velocitat quan agafa el camí que porta al psiquiàtric. Va a veure la mare.

Sense saber com, de nou em trobo a la sala. La nena no hi és. La busco pel passadís. Vaig amunt i avall.

Ara busco el pare i la nena més maca que he vist mai.

El dia que vam estudiar la Revolució Francesa, de tot el que ens explicaven, el que més em va cridar l'atenció va ser la guillotina; aquella mena de destral subjecta a un suport de fusta que, en deixar-la caure, tallava el cap amb precisió.

Camino sense saber el perquè d'aquest record.

Ara sé que busco algú. No camino en va.

M'aturo de cop quan em sembla que l'home que està recolzat contra el finestral és el pare.

Dubto.

Va ser de sobte, com un cop de guillotina, que vaig decidir esborrar l'esperança de tornar-lo a veure i ara és aquí.

Entro.

Ell es gira i quan em veu se li il·lumina la cara quan diu el meu nom. S'acosta, reculo dues passes. Ell s'atura. Encara és el pare vital i enèrgic que tant admirava.

Repeteix el meu nom i aquest cop té els ulls humits.

M'empasso el nus de la gola.

—Són moltes les vegades que vaig somiar aquest moment... —em sento dir.

—Jo no...

—Evidentment, prou que m'ho vas demostrar.

—El que volia dir...

—No cal que t'esforcis —el tallo—. Ets un mentider, un maleït mentider, i t'odio!

—No volia veure't aquí... Tot... té...

—Ni aquí, ni enlloc! —No em puc controlar—. Vas dir que tornaries, que havies de marxar pel bé de tots, i em vas deixar amb una mare que no m'estimava! No et vaig tornar a veure! I t'odio perquè per culpa teva em vaig convertir en un...

—Prou, Max —em talla.

—No, no he acabat. —Sento el batec del meu cor desbocat—. T'odio per fer-me viure un infern, per deixar que la ràbia m'engolés i em convertís en un ésser ple de ressentiment. Vas capgirar la meva vida fins a desitjar desaparèixer. Perquè, saps?, un dia d'excursió —se m'entortolliguen les paraules—, vaig pujar dalt d'un turó i vaig estar a punt de llençar-me pel barranc. I tot perquè feia dos mesos que te n'havies anat i no sabia res de tu. Cap carta, cap trucada!

Noto que els meus ulls es mullen i una llàgrima llisca galta avall. M'eixugo amb la màniga. No vull que em vegi plorar. Em giro.

Durant uns instants el silenci és més amenaçador que les paraules.

—Max, sé que estàs ressentit, que m'odies. Però de què serveix tant d'odi ara que ens hem retrobat? Si poguessis escoltar-me, estic segur que et trauries de sobre les engrunes de ràbia que t'aclaparen, i dic engrunes perquè sé que lluites contra la teva voluntat.

—Vint-i-un anys amb la ràbia arrapada aquí —em toco el cor—, com una nafra! T'admirava, eres el meu referent, l'únic que creia que m'estimava! Només tenia nou anys! I tu em parles d'engrunes, de voluntat? —em sento riure—. Què en saps tu, de mi, del que sento, de l'ésser en què m'he convertit?

—Max, et vaig escriure cada setmana, però la mare no us donava les cartes. Us vaig trucar, però ella penjava... Volia tornar a casa... Estava molt malament sense notícies de tots vosaltres... Vaig necessitar l'ajut d'un especialista... Si no hagués estat per...

—Au, va! En vint-i-un anys ens hauries pogut venir a veure, ni que fos a la porta de l'escola, de l'institut. Però no, vas amagar el cap sota l'ala, tal com fa l'estruç!

—No feia ni sis mesos que era a casa de la meva cosina de Figueres que vaig patir un atac de cor.

No puc més. Arrenco a córrer.

Quan m'aturo em deixo caure a terra. Necessito tenir el cap fred.

Dins del cap, tres paraules: «atac de cor».

9
BLANCA

A voltes sóc com el vent per endur-me la brossa que embruta els records. A voltes brisa de mar per acaronar els cabells dels que se senten sols. A voltes sóc un núvol que viatja al cor de les coses.

Tocar el cor de les coses és saber estar entre elles.

La Patrícia seu amb la mare al menjador. És l'hora de sopar. La mare li somriu i agafa un crostó de pa i el mossega. Una engruna li cau a la falda. Ara sóc l'engruna i m'estic a la falda de la mare com quan agafàvem l'autobús el dia de mercat i anava ple de gom a gom.

La mare parla del temps, de fred i de pluja. De flors. La Patrícia l'escolta.

«Estic contenta que hagis vingut», li diu la mare. I és veritat. La mare i la Patrícia s'haurien avingut si les coses haguessin anat d'una altra manera.

Per un moment, ho puc veure. Tots a taula, compartint plats i conversa, brindant per algun aniversari. Tots. Jo també.

En Joel condueix massa ràpid. Té el cor accelerat i la consciència alterada.

Hi ha un noi amb una moto que enfila la carretera en direcció contrària.

Al revolt es trobaran un davant de l'altre. No hi ha temps de girar, no hi ha temps de rectificar.

La moto, l'arbre, el precipici.

Foragitat el perill, sóc pluja i em desfaig en mil reguerons pels vidres.

Els reguerons són camins que es troben, s'abracen i es dilueixen. Són dibuixos que s'esborren.

Desitjo que en Joel trobi el seu camí.

I m'enfilo enllà on tot és res.

10

PATRÍCIA

Fins ara he deixat que una paciència dolça embriagués els dubtes fins a deixar-los estabornits, però no puc continuar així.

En Max no dorm, està més pàl·lid, molt desorientat.

Sé que de matinada observa el rellotge de la tauleta de nit. Sento que la seva respiració s'accelera seguint l'exasperant lentitud de les agulles. Els músculs se li tensen i, com si un branquilló d'esbarzer li travessés l'ànima, s'aixeca arrossegant un cos cansat i es tanca al despatx.

Aquest i altres detalls que es van succeint amb una certa freqüència m'omplen de temences.

És com estar enfilada, de puntetes amb els peus nus, damunt d'una corda tremolosa que s'estén entre dos penya-segats foscos i profunds. Jo allà dalt em balancejo, mantenint l'equilibri, i quan estic a punt de caure al buit ell s'acosta, m'acarona els cabells, em besa el coll i em diu: «T'estimo». Els penya-segats s'esvaeixen i em trobo embolcallada dins un núvol acollidor de felicitat.

Quan les nostres mirades topen per atzar, el seu esguard s'allunya i es perd dins una melangia que a penes pot controlar.

No vol veure cap amic, no vol respondre a cap trucada, no vol sortir de casa...

Entre nosaltres la distància no es mesura en temps, ni en metres, ni en quilòmetres, però existeix.

Ara ens estimen, ara ens evitem...

Què ens passa?

No puc més.

Està cridant al bany.

L'Estela, necessito anar a veure l'Estela.

Li dic que vaig a veure la seva mare i marxo.

Engego el cotxe, i quan surto del garatge m'adono que plou. El cel té estries, plecs lluminosos que esquitxen la fosca grisa plomada.

Aturaria el cotxe i fotografiaria aquest cel, aquest instant, i el deixaria latent per sempre més. Però la necessitat imperiosa de trobar-me amb ella fa que continuï.

Quan gairebé arribo, m'estremeix passar pel lloc on van tenir l'accident, on en Joel va deixar de viure... Em costa dir la paraula *mort*.

Els meus ulls ploren, es buiden sense permís i no ho vull.

Aparco, entro al psiquiàtric, saludo la conserge i ella mateixa em diu que l'Estela és a la seva habitació.

Travesso el passadís.

Quan obro la porta de l'habitació i la veig i em somriu, sé que efectivament em trobo al lloc exacte on volia ser.

11
JOEL

Entrem en una pizzeria de la plaça del poble més proper. Demanem dues pizzes i una ampolla de Moscato blanc.

La Patrícia em diu que hem de brindar, que tenim molta sort. La miro confús.

—Estem junts i estem bé, o no? —fa ella.

Fem «dring-dring» amb les copes i el vi es gronxa. Me l'empasso. És dolç com els llavis de la Patrícia.

—Saps què m'ha dit la teva mare?

No ho sé, i tampoc no sé si vull saber-ho, però no dic res.

—M'ha dit que passen les coses que han de passar... Es moren els que s'han de morir... No cal donar-hi voltes, ni buscar perquès. És així de simple... I somreia... La teva mare somreia.

Torno a apropar-me la copa a la boca, només per mullar-me els llavis. La Patrícia continua:

—«Sigues feliç», m'ha dit, «ell t'estima, i això ja és més del que jo he tingut mai».

En el silenci un cambrer s'acosta a omplir-nos les copes.

—Patrícia, la meva mare...

—No diguis res. La teva mare no desvarieja, saps? Diria fins i tot que veu i sap més que nosaltres.

—Només et puc dir que té raó en això que t'estimo. Té tota la raó. T'estimo.

—No m'ho havies dit mai.

—Segurament he estat un estúpid, però...

—Ha parlat de la Blanca.

—Qui és la Blanca?

—No ho sé... Ella diu que és un àngel.

—Un àngel?

—També m'ha parlat del teu pare.

—És estrany. A mi no me'n parla mai.

—Què en saps, del teu pare? On és?

—Ens va deixar quan teníem nou anys i no n'hem sabut res més. Poc li devíem importar, no creus?

—Però no has intentat localitzar-lo mai?, saber què va passar?

—No, tot plegat encara em fa mal i por... també.

—Estic segura que ell devia tenir els seus motius...

—Motius?, per abandonar els seus fills amb la mare malalta? Em sembla detestable, imperdonable... Tu no ho pots entendre.

Sento que aquestes paraules em surten amb amargor. La Patrícia posa la seva mà sobre la meva i diu:

—Ho puc entendre molt més del que et penses.

—Què vols dir?

El cambrer apareix amb les pizzes i la Patrícia em somriu, però no em contesta. Ella ho fa. Quan no vol, no contesta, i parla de qualsevol altra cosa. És així.

—I encara plou... No caldrà que reguis els pensaments, avui.

Jo recordo la garsa i no vull tornar.

—I si ens quedem a dormir aquí? —li proposo.

—Aquí?

—En aquest poble. Hi deu haver algun hostal, no?

Ella riu:

—Crec que t'ha pujat el vi al cap. Tu, dormint en un hostal? Si mai no has acceptat dormir en un hotel de menys de cinc estrelles?

—Les persones canvien, ja ho veus. Em ve de gust. Serà diferent.

—D'acord, accepto.

I tornem a fer «dring-dring» just en el mateix instant que a fora un llampec travessa el cel i deixa a les fosques tot el poble.

L'hostal té el terra de fusta i cruix a cada passa. L'hostalera ens diu que som els seus únics clients i que ens deixarà la millor habitació, la que té vistes sobre el llac.

—Ja sabeu el que en diuen, no, d'aquest llac?

Tots dos fem que no amb el cap. La dona sospira:

—I just avui..., amb aquesta tempesta —i riu per sota el nas—. Vosaltres rai, que sou joves i els morts us queden lluny, però us en podria explicar un cabàs, d'històries.

I aleshores abaixa la veu i ens xiuxiueja:

—Conten que els dies de tempesta, a mitjanit, s'hi reuneixen els fantasmes, se senten murmuris i petites rialles, i diuen que si mires fixament les aigües del llac pots veure les seves ombres... Són llegendes que corren, aneu a saber... Mireu, és aquí —i ens dóna la clau de l'habitació i continua—: Que esteu de lluna de mel, potser?... Us veig enamorats..., i a mi, aquestes coses..., no ho puc evitar —es treu un mocador de la butxaca i es moca— em fan plorar... Els primers anys amb el meu home, al cel sigui, eren així. No teníem ulls per a res més... Ell per a mi i jo per a ell... —i torna a sospirar mentre s'allunya passadís enllà.

Miro la Patrícia i noto que tremola.

—Tens fred?

Em fa que sí, i jo l'abraço.

L'abraço fort, com si així la pogués protegir de la fosca, dels sorolls, de les ombres, dels fantasmes...

I de sobte diu:

—Els anys arruguen la pell, però renunciar a l'entusiasme arruga l'ànima!

La miro als ulls per intentar arribar a allò que m'està dient.

Ella somriu i m'aclareix:

—Això ho va escriure Schweitzer, un metge filòsof que deia coses molt interessants... Vull dir que... vull viure, malgrat tot, vull viure amb tots els sentits oberts, vull tocar, tastar, plorar, riure... Hi ha alguna cosa dins meu que em crida a fer-ho, que em diu que no deixi passar de llarg els instants, que cada instant és un regal...

L'escolto i sento que desitjo amarar-me d'aquest mateix desig de vida, però el pes de la meva mentida em punxa per dins, a l'estómac, als peus, al cervell, i, mentre intento foragitar-lo, sento que la Patrícia diu:

—T'haig de dir una cosa important...

Em tremolen els dits i els llavis, i penso que ella ho sap i que em deixarà. Ara mateix passarà això i no podré retenir-la. No tindré arguments defensables, ni raonables, perquè simplement és boig, és cruel, és assassí, el que he fet, i em mereixo el pitjor.

Ella continua:

—És una cosa que sempre havia volgut fer i ara m'ha sorgit l'ocasió, però...

La miro amb el cor encongit. Li brillen els ulls, i temo perdre-la per sempre, que se m'esmunyi entre els dits i em quedi sol amb el pes de les mentides.

—M'han encarregat un reportatge fotogràfic a l'Índia. Me'n vaig dilluns i seré fora tres setmanes. Ho necessito i penso que ens anirà bé a tots dos, però...

M'imagino tots aquells dies sense ella, sol, a casa d'en Max, com una presó, com un malson sense fi.

—Però necessito saber que estaràs bé.

—Estaré bé —faig, tot aparentant tranquil·litat.

—Fins ara, he atès totes les trucades dels teus amics i de la feina. Ja saps que es preocupen, et volen veure, saber quan tornaràs. Hauries de començar a connectar-te amb el món, tornar.

Tornar. Això era justament el que no era possible, tornar. I tornar, com?

—Ho has de fer, no et pots amagar sempre de...

I la Patrícia calla. Em mira com si esperés que li revelés tot, però no hi ha més paraules, perquè les que s'haurien de dir no es poden dir. L'abraço i oloro els seus cabells de canyella, la seva pell i els seus llavis, que desitgen amarar-se de petons fins que ens falti l'alè. I ara, les mans, com les plomes d'una Au Fènix, renaixent a cada carícia per arrencar el vol, tots dos junts, a un país on només hi ha lloc per als que s'estimen de veritat, on cap altra cosa no importa, tan sols això, buidar-se un dins l'altre fins a l'extenuació, i després, dormir en un somni plàcid i llarg de bones sensacions.

Ella s'adorm després de fer l'amor. Ella dorm i jo veig ombres que ballen als vidres. Són els fantasmes del llac que vénen a veure'm. Gemeguen amb el vent i em fan estremir. M'aixeco inquiet. Sembla que el terra tremoli, o són els meus peus?

De sobte, una estrebada obre la finestra i els vidres peten amb força contra la paret. Un dels vidres es trenca en mil bocins, i cada petit bocí és un ull que em sotja. Darrere els petits ulls hi ha una ombra. És ell. Sento el seu alè a la cara que em bufa mofeta. És ell i és aquí, ho sé, i ha vingut a venjar-se, i l'ombra es fa gran, tapa la lluna i tot és fosc...

—Max, què tens? Desperta, què et passa? És un malson.

Obro els ulls i és la Patrícia. Miro la finestra. El vidre està intacte.

Matineja i la llum entra tímida dins la cambra, però jo sento que ell ha estat aquí. Ho sento. En Max ha estat aquí.

—Somiaves?

—Sí.

—Què era?

—Una bestiesa.

—Ha fet molt vent aquesta nit i m'he hagut d'aixecar a tancar la finestra. El vent xisclava, saps? Feia por —m'explica ella.

—No et deus creure les històries d'aquella dona sobre el llac, oi? —dic intentant sobreposar-me.

—És clar que no...

Tornem a abraçar-nos sota els llençols i l'escalfor dels cossos apaivaga les pors.

L'endemà la Patricia marxa.

A l'aeroport, abans d'embarcar, diu:

—Fem-nos una foto!

—D'acord.

—És una càmera especial. Només dispara si somrius —i fa un gest trapella.

Ara sembla una nena. Veig la nena que va ser, abans que la conegués. Tenia catorze anys quan ens vam conèixer, un estiu a la biblioteca del poble on estiuejàvem. Però jo la podia veure més petita, també, com si la conegués de molt abans, potser d'una altra vida, com si sempre hagués estat amb mi d'alguna manera. Em va caure el llibre de mitologia grega, tot un totxo, als peus. Ella va riure. Jo em vaig enrojolar.

—Perdó, t'has fet mal? —va preguntar, després.

—No, no, no —vaig fer recollint el llibre i mirant de reüll el que ella portava a les mans. Era *La història interminable*, de M. Ende.

—És molt bonic, aquest —li vaig dir.

—Ho sé. És la tercera vegada que el llegeixo.

I des d'aquell dia crec que no he viscut ni un sol instant sense pensar en ella, com si ella fos una part de mi mateix. Això, en Max, no ho entenia. Em deia que jo era un empanat, que el món és ple de dones i totes són si fa no fa el mateix. Però jo veig la Patrícia-nena com corre pel pati darrere una pilota, i veig la noia de catorze anys llegint novel·les fantàstiques, i la Patrícia-dona amb la seva càmera fent fotos als nens del carrer.

Somric tot pensant que això de la càmera que només dispara quan somrius és una broma, però no, és realment així. Ens vam fer una foto, tots dos somrients.

La porto a la butxaca fa tres dies i no m'he canviat els pantalons. Diuen que a l'Índia els nens sempre somriuen, abandonats a la sort dels carrers, malalts, bruts, sols..., però somriuen.

El primer dia va trucar en Jacob. Un dels millors amics d'en Max.

—Ei, Max, va, vinga, surt del teu cau. La vida continua, ho sabies? Aquest dissabte hi ha una festa a l'Up and Down. No te la pots perdre. Et passo a buscar, d'acord?

Després l'Albert:

—Max, vull saber com estàs. L'oficina no és el mateix sense tu. Ens fas falta, torna. Ahir vaig picar a casa teva i no m'obries. Sé que hi ets. Truca'm, d'acord?

Ara ja no truquen. S'han cansat. Tothom es cansa quan no estàs en forma, quan et tornes desagradable i tot et sembla trist, quan et sents atrapat en un món que no és el teu i no veus la sortida. Tothom es cansa. La Patrícia, quan em vegi així, també em deixarà. Per què hauria de voler tornar? Tant de bo hagués estat jo qui s'hagués mort a l'accident, tant de bo, i així ja no sentiria aquest pes que em cau a sobre, el pes d'haver de fer, el pes d'haver de ser... Si alguna cosa no podia era tornar al món real, si alguna cosa no volia era allò, però la Patrícia formava part d'aquest món, i si desitjava estar amb ella ho hauria de fer, però sense mentides, sense enganys.

Penso a dir-li la veritat, a afrontar-ho, el que sigui, però...

Els peixos donen voltes a la peixera en la mateixa direcció, no tenen memòria. Ells, però, fan bombolles. Simplement, bombolles. Ningú no els demana cap altra cosa que aquesta. Bombolles.

Agafo la nota que m'he trobat aquest matí damunt la tauleta de nit. En Max ha escrit:

Joel, em trobaràs allà on vagis. Mai no et desfaràs de mi. Mai.

Max

Si el meu germà s'ha proposat no deixar-me en pau, ho farà. En Max era així. Aconseguia tot el que es proposava. Sempre havia estat el més fort de tots dos, el que guanyava les baralles, el que se sortia amb la seva. I si viu no havia pogut vèncer la por que li tenia, mort encara era molt pitjor, perquè els morts són imprevisibles, es mouen per designis desconeguts i sota lleis i poders sobrenaturals... Què són? De fet, ningú no en sap gaire res, dels morts.

I si hi pogués parlar? I si li contestés els missatges?

Rebrego el full i el llenço a la peixera. El peix vermell més petit para de donar voltes i resta immòbil. Pico al vidre de la peixera per fer-lo reaccionar, però continua sense moure's. Res. Al cap d'una estona comença a surar amunt fins a la superfície, sense vida. Ja no farà més bombolles.

Aleshores tinc la certesa que el perill és a tocar de veritat, i que si en Max viu era cruel, mort ho pot ser molt més. Palpo la foto de la butxaca i sento que vull lluitar, que no vull viure més amb la por al cos, que plantaré cara al fantasma d'en Max, que arribaré fins al final de tot plegat, i ho faré per la Patrícia. Ho faré perquè també tinc dret a viure sense l'amenaça constant del meu germà. Aleshores, només aleshores, podré tornar al món. Escric:

Max,

Una vegada li hagi dit la veritat a la Patrícia, ja no em podràs molestar més. Tu estaràs mort i jo estaré VIU, viu sense tu. Lliure, finalment.

No et tinc por, perquè ja no pots fer-me més mal del que m'has fet durant tots aquests anys. Ho sabies, Max?... Si vols venir aquesta nit i acabar amb mi, tu mateix, tant me fa. Adéu per sempre, Max.

Joel

Els somnis passen com un tren d'alta velocitat pels meus ulls i no els puc ni atrapar. A la distància sento el telèfon que sona, el contestador que salta, la veu de la Patrícia..., però jo no em puc aixecar.

Quan em desperto, encara és de nit. Els vidres de l'habitació estan entelats i tinc la sensació que la boira ha entrat dins la casa. Una boira blanca i freda on el silenci respira inquiet.

M'aixeco. Tinc la boca pastosa i l'estómac regirat. Necessito beure aigua.

Sento una ambulància que travessa els carrers i el seu so em colpeix les temples. Em torna el moment en què l'ambulància va recollir en Max. Persisteix com un malson tossut a la memòria. Els llavis d'en Max immòbils, els ulls esbatanats com petits miralls d'acer, insensibles, però viu encara, encara viu.

M'estremeixo quan veig en Max en el mirall de l'entrada mirant-me. El cor em batega fort i crido per fer-lo fora. Porta el mateix pijama que jo, els mateixos cabells amb el serrell fent una coma gegant sobre els ulls i..., aleshores, entenc que el mirall només em retorna a mi mateix. Sec a terra recuperant la respiració per tranquil·litzar-me.

A la taula de la cuina trobo la nota damunt un full arrencat del llibre que havia estat fullejant la nit anterior, *El silenci es mou*. A la coberta hi ha un reguero de tinta roja, com una ferida que sagna demanant auxili, i llegeixo amb el cor penjant d'un fil:

Joel,

Saps que si li dius la veritat a la Patrícia ella no et perdonarà i et deixarà, et quedaràs sol, i tu sense ella estàs més mort que mort, no tens sortida i ho saps.

Hahahahahahahahahaha!

Max

I la rialla d'en Max ressona per tota la casa bombejant contra les meves temples com un martiri infinit.

Em tapo les orelles per no sentir-la, però és inútil, és com si la tingués a dins, com si m'hagués entrat a dins i no me'n pogués desfer. Agafo el missatge d'en Max i l'estripo en mil bocins. Encenc un llumí i el cremo al cendrer. Les cendres fan un remolí com si volguessin agafar el vol.

Obro el balcó per llençar-les al carrer i veure com es perden per les clavegueres, però una ventada les fa volar i cauen damunt els pensaments grocs.

Tanco els ulls abatut. Sento que no em queden forces per continuar lluitant, que els meus esforços són inútils, que res del que faci no servirà, i només desitjo no sentir, no recordar, no pensar, ser com una planta o un arbre... És possible viure així? És possible fer que les coses no t'importin? Que no et facin mal? És possible deixar de pensar, ni que sigui un instant, per reposar? O només ho aconseguiria morint, jo, també? O... potser... ni així.

Quan torno a obrir els ulls i miro els pensaments, veig que s'han cobert de cendres, que han perdut el seu groc i cauen arrugats i pansits, talment com si un foc els estigués consumint.

Em quedo paralitzat, gairebé catatònic, enganxat a aquella imatge. No sé pas quanta estona, no sé dir-ho, em quedo amb els ulls fixats en aquells pensaments que es consumeixen davant meu.

Aleshores torna a sonar el telèfon, però el sento molt lluny, tan lluny que dubto que no sigui del veí o de la casa del davant, però ningú no s'aixeca a despenjar. Ningú.

Salta el contestador i una veu femenina tecleja paraules sense melodia, paraules que reboten als vidres de la peixera: «Aquest és un missatge per al senyor Max Ametller. Si us plau, posi's urgentment en contacte amb el psiquiàtric. Repeteixo-és-urgent-mare-urgent-Perduts-urgent-Max-Estela-urgent-duts-Max-Sants-gent».

Tinc mal de cap.

Tanco els ulls i veig la mare que enceta un somriure tímid d'adéu. La mare des del balcó de casa quan sortia a dir-me adéu, cada dia. Aixecava la mà i em llençava aquell somriure. Sabia que em seguia amb la mirada fins que em perdia per la primera cantonada. En Max ni es girava a mirar-la. Arrencava a córrer i em deixava sol.

Jo no tenia pressa per anar a escola. De fet, no hi hauria anat mai, si hagués pogut triar. Massa nens, massa crits, massa mofes i lluites. Tots sempre volien guanyar. M'hauria quedat a casa amb ella, amagat del món, protegit de les bales i dels focs, dels deures i dels renys.

De tant en tant m'agafaven uns terribles mals de panxa. La mare corria a portar-me al metge, però no era res, només por.

Marco el telèfon del psiquiàtric. Comunica. Torno a marcar. Comunica. Fins a tres, quatre, cinc vegades, però no hi ha manera. Potser ha quedat mal penjat. El meu cap no para d'imaginar el pitjor... La mare al llit de la seva habitació sense respirar, o la mare caiguda escales avall amb un trau al cap, o potser la mare desapareguda dins la nit misteriosament com un fantasma...

Agafo el cotxe i enfilo de nou aquella carretera. Recordo que a la nit el telèfon havia sonat unes quantes vegades més, però no he escoltat els missatges.

Els records són confusos, però juraria que he sentit la veu de la Patrícia. Li trucaria tan aviat com pogués, tan aviat com sabés el que havia passat amb la mare.

El dia és gris, ni una escletxa de sol, ni una pinzellada de cel. Fa la sensació que el temps s'ha aturat. Només jo enfilo la carretera amb els records esgrogueïts de la mare, i les paraules del contestador que em punxen mals pressentiments a les orelles.

Aparco el cotxe de mala manera sota els arbres. L'entrada és oberta. Una de les assistentes em fa passar i em diu que el doctor Strogoff m'espera.

—Què ha passat? —pregunto.

—Esperi's aquí. El doctor l'atendrà tan aviat com pugui —contesta ometent la meva pregunta.

—Però...

La noia desapareix passadís enllà, lleugera i silenciosa com una serp.

Potser no m'espero pas més d'un minut, però en aquell minut recordo un malson que se'm repetia de petit: una ombra gegant entrava a casa i s'enduia la mare i el meu germà, i jo em quedava sol dins una casa buida i gèlida.

El doctor apareix per la porta i m'allarga la mà:

—Em sap greu, però no hi hem pogut fer res.

Vull preguntar, però em quedo sense paraules. L'ombra del somni m'ha entrat a dins i s'ha quedat enmig de la gola.

El doctor continua parlant, però tampoc no m'arriba el sentit del que diu. Ell omple el silenci de la mort, el silenci de tot allò que ens colpeix i ens resulta inexplicable. Tot i així, insistim a buscar, a donar explicacions.

Em pregunto per què no podem acceptar que és així. És pur absurd, i punt, i prou.

12
BLANCA

La mare es pentina i jo serpentejo entre els seus cabells fent-li carícies. Jugo a esquivar les pues del raspall, que em fan pessigolles, com un grill dins un camp de blat, i ric. Ella s'atura com si m'hagués sentit. Es queda quieta i atrapa el silenci de la cambra.

Cada dia la sento més a prop.

De petita em pentinaves. Em deies que tenia cabells de princesa, brillants i suaus com una princesa, deies.

—I les princeses es casen amb els prínceps?

—És clar!

—I si no vull?

—Si no vols, no vols —i em deixaves olorar el teu perfum.

Jo et demanava que m'expliquessis com vas conèixer el pare, i tu feies un sospir llarg. Els ulls et brillaven. Com t'agradava explicar-ho una vegada i una altra!

—Cada dimarts i cada dijous agafava el tren per anar a classes de pintura. Aquell dia plovia. Vaig córrer per pujar al tren, que estava a punt d'arrencar. Em vaig entrebancar amb les escales i em va caure la sabata a l'andana. El teu pare, que venia al darrere, la va recollir i em va ajudar a pujar. Li vaig donar les gràcies i vaig allargar la mà perquè em tornés la sabata. Ell va fer que no amb el cap. Va dir que havia d'assegurar-se que realment fos meva, i per això l'hauria d'emprovar a totes les noies del vagó. N'hi havia unes quantes. Tothom ens mirava i reia. Després va afegir que la noia a qui li anés bé la sabata l'havia de recompensar amb una penyora. Jo em vaig posar vermella. No sabia si clavar-li una bufetada, fugir corrents o seguir-li la broma...

—I era de cristall, la sabata? —et preguntava jo.

—Era més bonica que això. Tenia les puntes de xarol, i uns brodats de seda vermella pels costats...

En aquell temps estaves radiant.

En Max i en Joel eren a la panxa. La teva panxa s'havia inflat com un globus.

—Vine, posa-hi l'orella. Escolta —em deies.

Hi posava l'orella i sentia els batecs com un retruc llunyà, i m'imaginava els meus germans giravoltant com dos peixos dins una bombolla gegant.

—Quan sortiran?

—Aviat —deies.

—Podré jugar amb ells?

—És clar...! Als gronxadors, als arbres, al gorg amb les granotes.

—I a amagar tresors?

—També.

L'aviat no arribava mai i jo hi somiava. Hi somiava tant que és com si ho hagués viscut. És dins meu.

Ara la mare es posa la mà al cor i fa una ganyota. S'aixeca amb dificultat i s'estira al llit. Em quedo entre els seus dits, lliscant per les línies de la mà, i sento com s'adorm.

Em faig fum i m'escolo per les escletxes dins la calma de la nit.

13
MAX

Les paraules del pare em retornen com una glopada.

Em cremen. «Atac de cor, atac... de... cor...»

Són com la guillotina que m'escapça un grapat de sentiments, mentre el dolor agut que tinc al pit em xucla el pensament.

La ràbia que em feia sentir fort i imbatible davant la vida s'ha evaporat en aquella sala.

Tinc por, tinc molta por, perquè em sento vençut.

He fet malbé la meva vida i, un cop mort..., em trobo mesquí i debilitat per un dolorós descobriment.

El pare és mort...

La mare ho sabia? Per què no ens en va dir res? Diu que trucava a casa... Diu que ens escrivia...

Ploro sense fer soroll.

—Max, per què plores?

Aixeco el cap i em trobo de nou amb la nena més bonica que he vist mai. M'eixugo els ulls i m'incorporo. No vull que marxi.

—Qui ets? —li demano controlant el sanglot.

—La teva germana.

—No tinc cap germana, jo.

—Sí, em tens a mi! —diu la nena amb una gran lucidesa, sense deixar de somriure—. Encara que no em coneguis, sóc la Blanca, la teva germana, i la d'en Joel.

Porta un vestit de fil blanc, té els cabells enrinxolats de color daurat decorats amb una cinta blanca setinada. Sembla una nina. Em frego els ulls. I si és un miratge?

—Ei, que sóc aquí! —em diu deixant anar una cantarella infantil.

—Blanca?

—Sí, Blanca. Oi que és bonic? Me'l va posar el pare, perquè diu que em va veure com un núvol blanc quan vaig néixer.

—Ets molt bonica —aconsegueixo dir, abans de preguntar—: Has vist el pare?

—Sí, i tant! El veig sempre, però m'he fet amiga d'un nen i d'una nena i juguem.

—O sigui que el pare és aquí, de veritat... No entenc res.

—És normal, Max. Quan arribes et trobes desorientat.

Ho diu amb una alegria encomanadissa que fa que la percepció de la situació sigui normal.

—Perdona, i tu, com és que ets aquí?

—Un accident domèstic.

—Un accident domèstic? Què va passar?

—Crec que tens moltes preguntes i poques respostes. Anem a buscar el pare i mentrestant t'ho explicaré.

Sense esperar cap resposta, la Blanca m'agafa la mà i caminem passadís amunt, mentre m'explica com va anar l'accident. Ho explica amb una naturalitat que em posa la pell de gallina.

—La mama va omplir la banyera. Els divendres sempre em deixava que em banyés. Va posar sals de colors que feien olor de bosc. Mira, si tanco els ulls i aixeco el nas, encara l'ensumo. «És com una macedònia de flors», deia la mama.

»Mentre em banyava, vaig insistir que em portés el casset i em posés la cinta que tant m'agradava. Me l'havia comprat el pare, el mateix dia que em van dir tots dos que tindria dos germans. Creu-me que me la sabia de memòria.

»La mare em va deixar el casset damunt la tapa del vàter i se'n va anar a preparar el sopar. La cinta es va acabar i jo vaig agafar l'aparell, em va relliscar i va caure dins la banyera. Em vaig quedar fregida. No t'espantis. Ho dic així per no fer-ho més dramàtic. El que va passar és que em vaig electrocutar, vaig començar a ballar dins la banyera i em vaig morir.

Dec fer cara d'espant, perquè s'atura, em mira atentament i sense dir res m'abraça.

Els seus braços m'estrenyen i el seu cap es recolza a la meva panxa. Sento la seva energia, la seva pau, i no puc evitar acaronar-li els cabells.

Quan ens deixem anar, em torna a agafar la mà i em diu:

—Què, anem a buscar el pare ara?

No dic res. Camino al seu costat, content de sentir la seva mà entre la meva.

No hi ha dubte, és feliç.

Entrem en una sala i em deixa anar per córrer al costat del pare.

—Papa, mira, en Max! El teu Max! —crida eufòrica, mentre se li llença al damunt i el seu vestit blanc de fil voleia com si fos un núvol—. Està trist... L'he trobat plorant una miqueta.

La Blanca em mira i em somriu.

—Us deixo sols. Me'n vaig a jugar una mica!

La Blanca surt corrents embolicada dins del seu vestit blanc. El pare i jo ens quedem sols. Quan el miro, els nostres ulls es troben.

—Crec que m'has d'explicar moltes coses —em sento dir.

—Si em vols escoltar...

—Necessito escoltar. Una germana desconeguda, un pare desaparegut...

El pare enraona. Jo l'escolto mut.

Quan m'acomiado, ho faig sense cap abraçada, sense cap paraula. Ell respecta el meu silenci.

Surto al passadís i camino intentant assimilar el que m'ha dit.

Pot ser que deixem tants secrets quan morim?

Secrets gruixuts com esborrar la vida d'una germana? Una mort que va capgirar la vida d'una parella que s'estimava, que estava a punt de tenir dos fills... bessons...?

Les preguntes s'amunteguen.

Les respostes, també.

Tota la meva vida ha estat una gran mentida...

Entro en una sala buida i amb desgana m'acosto al finestral. Quina incoherència tenir aquests finestrals abocats a la vida!

Em recolzo al vidre i tanco els ulls.

Arribo de l'institut i crido que he arribat. Ningú no em contesta. Pujo a l'habitació, a la meva habitació, perquè per fi he aconseguit el meu propi espai, lluny d'en Joel.

Llenço la maleta a terra i m'estiro sobre el llit. Em poso les mans sota el clatell per observar el meu triomf, el meu refugi. Ha valgut la pena fer el trasllat durant tota la Setmana Santa.

Ara, si en Joel s'aixeca somnàmbul, ja s'espavilarà. Quants cops m'he hagut d'aguantar les ganes de donar-li un cop de puny i despertar-lo!

Mentre estic pensant com passaré la meva segona nit a l'habitació, sento olor de cremat. Obro la porta i el fum puja per l'escala. Em tapo la boca amb un jersei, com ens van ensenyar a l'escola, i baixo corrents. Veig flames a la cuina. Crido la mare mentre agafo l'extintor de sota l'escala i hi entro. La paella s'ha incendiat i el foc, famèlic, queixala les cortines. La mare està palplantada mirant sense fer res i murmura un nom, Blanca.

Trec l'anella de seguretat i apago el foc buidant tot l'extintor. Quan ja crec que està apagat, agafo la mare pel braç i la trec de la cuina, a l'eixida. Li trec la bata, la faig seure al banc de fusta, sota l'ametller. El cor em va a cent quan veig que no reacciona.

—Mama! Mama! Estàs bé?

—Blanca! —crida ella—. Blanca!

La deixo asseguda al banc i corro escales amunt. Mullo una tovallola i baixo corrents. Li netejo la cara, li netejo els braços. Ella es gira i, mirant-me als ulls, torna a repetir:

—Blanca.

—No pateixis, mare, comprarem unes cortines blanques. El més important és que no t'has cremat!

Em torna a mirar i amb llàgrimes als ulls em demana:

—On és en Joel?

—A classe de violí —li dic emprenyat. L'acabo de salvar i em pregunta per en Joel dels pebrots.

L'acompanyo fins al menjador i la deixo asseguda a la seva butaca.

Entro a la cuina. Fa pudor. Tot està fet una porqueria. Obro les finestres que donen a l'eixida. S'ha de ventilar. Obro la nevera, agafo una ampolla d'aigua, un got i l'hi porto:

—Beu, mare, fes un glop.

Fa un glop i, quan em torna a mirar, em veu i em pregunta que hi faig, allà.

Li explico que s'ha incendiat la paella i que la cuina s'ha cremat.

—Mare de Déu, mare de Déu...! —diu tapant-se la boca amb les dues mans i anant cap a la cuina—. I ara què farem? Què faré per dinar? —diu, amb els ulls esbatanats.

—Mama, per sopar. Són les nou del vespre... —li dic, i continuo—: Si vols, vaig a comprar unes pizzes a la tendeta de la Rosalia!

—No, la pizza no li agrada, a en Joel. Ara netejaré la cuina i faré una truita de patates, el seu sopar preferit.

La deixo. És impossible cuinar, però... ja s'ho farà! Enfilo escales amunt i em tanco a l'habitació renegant.

M'espolso el cap, em giro i amb el palmell de la mà colpejo el vidre. Ara sé que la cridaves a ella. No et referies a les cortines. Cridaves la meva germana, la Blanca.

El record d'aquell incident va ser el primer de molts que vindrien.

Tot el que va seguir en aquells dies va ser com un dipòsit de gas que tingués una fuita i s'anés buidant, fins que ens va explotar a la cara.

Necessito aturar tots aquests records que durant anys vaig intentar enterrar per poder viure.

Quin sentit té reviure'ls ara que estic mort? Quin?

«Max, pensa en la Patrícia», em repeteixo tancant els ulls amb totes les meves forces. «En la Patrícia!»

El soroll de la barana de fusta em desperta. Sé que és en Joel en un dels seus viatges nocturns. Tinc la boca seca i el got buit a la tauleta de nit. Haig de baixar a buscar aigua. Em poso les sabatilles i baixo amb desgana. Veig en Joel somnàmbul escrivint en un paper. L'ignoro. Vaig a la cuina i agafo una ampolla d'aigua del rebost. Passo pel seu costat. No em vull aturar, però em crida l'atenció el nom que de reüll veig que ha dibuixat: «Patrícia».

M'hi acosto, tenint cura de no despertar-lo, i miro el que ha escrit: «Patrícia, t'estimo i sempre guardaré el regust del petó que ens hem fet».

M'aparto i enfilo escales amunt fins a la meva habitació. En Joel s'ha petonejat amb una noia! «Qui és aquesta Patrícia?», em pregunto. Ho vull esbrinar.

Surto de classe sabent qui és. En Bruno m'ha fet saber que és una tia que és guapa i espectacular. No m'ho crec. Aprofito l'hora del pati per quedar-me a l'institut i pendre un refresc. Busco per tot el pati i, de sobte, els veig xerrant asseguts a l'escala de la biblioteca. M'amago darrere una columna. És guapa, molt guapa.

S'aixequen. En Joel li fa un petó a la galta i se'n va cap al laboratori. Ella ve cap aquí. Faig veure que surto de secretaria i, com aquell que no vol, m'entrebanco i vaig a parar al seu costat.

—Perdona! —li dic, quan aixeco el cap i me la trobo cara a cara.

Ella es gira cap on ha marxat en Joel i, confosa, em mira.

—Tu... tu... deus ser el germà de... —S'entortolliga amb les paraules.

—Sóc en Max, i tu?

—Jo sóc la Patrícia —em diu.

—Ostres, tu ets la Patrícia d'en Joel! Quina casualitat! Molt de gust.

M'hi acosto i li faig un petó a la galta.

—Cap on vas? —li demano amb naturalitat, malgrat que sento com em batega el cor.

—Vaig a classe —respon.

Caminem l'un al costat de l'altre. Noto que se sent incòmoda.

—Et deixo. M'ha agradat molt conèixer-te.

—Adéu —diu ella, un xic contrariada.

Giro cua. Ella es queda palplantada. M'observa. Sé que *m'observa.*

És guapa, molt guapa, massa guapa per a en Joel, penso.

Passen els dies i no deixo de pensar en la Patrícia. La Queralt diu que estic estrany. Em pregunta què em passa. No li responc. No ho sé, però ja no m'interessa. S'ha deixat magrejar per molts. No la vull i li dic que s'ha acabat.

La Queralt m'insulta.

Haig de preparar un pla.

En Joel té un fort atac d'al·lèrgia i s'ha de quedar a casa. Baixo de l'habitació xiulant i, de sobte, em crida. Dubto si pujar o no, però la mare em reté i em crida:

—No has sentit el teu germà? Que ets sord? Puja ara mateix!

Pujo i entro a la seva habitació.

—Què vols?

—Em pots fer un favor?

Estic a punt de dir-li que no, quan li veig la cara i el coll deformat, inflat. Gairebé no pot parlar.

—Pots donar aquest llibre a la Patrícia Domènec? Va a tercer B.

Agafo el llibre. Té els dits inflats com botifarrons. Surto de l'habitació i marxo de casa.

Obro el llibre mentre vaig a l'autobús i trobo un sobre a dins. L'estripo i llegeixo:

Patrícia,

Tinc un atac d'al·lèrgia i m'hauré de quedar tota la setmana a casa. Et trobaré a faltar. No crec que et pugui trucar. A casa no saben res. Ja els ho diré quan estigui millor. T'estimo.

Joel

p. d.: El qui et donarà aquest llibre és el meu germà Max. Físicament som iguals, només físicament.

Deixo la nota sense sobre dins del llibre i baixo de l'autobús, més content que un gínjol.

Aquest record em fa somriure. Em va costar trobar pols de nous. De fet, el primer que se'm va ocórrer va ser triturar-ne un grapat, però un dia, passejant pel barri antic, vaig veure una botiga d'espècies, hi vaig descobrir pols de nous i en vaig comprar. Vigilant de no ser descobert i controlant la dosi, em vaig encarregar que l'al·lèrgia d'en Joel durés un parell de setmanes més.

El primer petó amb la Patrícia ens el vam fer en un racó del passadís a l'institut.

Em va importar un rave el disgust d'en Joel. Sé que li va trencar el cor, perquè des d'aleshores no ha sortit amb cap noia, que sàpiga jo.

Sé que sempre ha estimat la Patrícia, sempre.

Crec que ella també l'ha estimat.

I jo? He estimat la Patrícia?

Sí, l'he estimat. Potser no com ella es mereix, però l'he estimat...

Ara l'enyoro.

Sento la Blanca que em crida. Surto de la sala i la veig venir cap a mi amb un gran somriure i els ulls brillants.

—Què passa?

—Max, la mama! La mama! —crida eufòrica.

—Què li passa?

—Està a punt d'arribar.

—No sé què dius, Blanca.

—Dic que la mama està fent el viatge i aviat serà amb nosaltres! Per fi el papa i jo marxarem.

Entenc que la mare ha mort, però no sé on pensen marxar.

La Blanca veu que no entenc res.

—Max, quan la mare arribi, el papa, jo i ella marxarem cap a la llum.

—Per què no ho heu fet abans?

—Perquè vam decidir esperar la persona que vam estimar. Si vols venir amb nosaltres...

—No —dic rotund.

—No ens estimes?

—No. No ho sé...

—Però voldràs veure la mama?

—No vull veure ningú, Blanca.

Estic a punt de justificar les meves paraules, però la Blanca no em deixa. Arronsa les espatlles, fa un salt, em besa a la galta i se'n va ballant.

—Vaig a esperar la mama!

La segueixo amb la mirada. No hi ha dubte, és la nena més maca que he vist mai. La meva germana.

14
PATRÍCIA

Deixo lliscar les puntes dels dits per la petita finestra de l'avió que em torna a casa. El mar de núvols tapa la terra i en aquest gran espai lluminós que creuem m'acomiado de l'Estela. Em reconforta haver-la anat a veure al psiquiàtric abans de marxar. La seva lucidesa em va donar forces per fer aquest viatge i li estic molt agraïda. «Tant de bo trobis la pau que et mereixes, Estela.»

L'hostessa de l'avió m'ofereix beguda. Agafo un refresc i, mentre faig un glop, m'adono que sóc molt afortunada.

Aquestes tres setmanes a l'Índia m'han ensenyat que haig d'aprendre a obrir la ment i aprendre a viure intensament.

L'Índia és una terra plena de contradiccions, com jo. És impossible que et deixi indiferent: ciutats vives, palpitants, perfums i olors que s'arrapen a la pell. Flaire d'espècies, de menjar, de colors, de vida i de mort. Veneren rius, animals, muntanyes..., tot el tot que forma part de l'existència.

Tot el que he intentat captar amb la màquina de fotografiar s'ha registrat dins la meva ment. Crec que mai no podré oblidar la part menys agradable. Carrers plens d'escombraries, animals lliures defecant per tots cantons; el Ganges, el seu riu sagrat, on els cadàvers suren al costat de dones que renten la roba. I les paraules d'aquella mare que va haver de matar la seva filla perquè la comunitat la rebutjava si no ho feia. Per què tenir nenes? No serveixen per a res. Marxen de casa, van a una altra família...

La Lua i en Jaship fent jocs de màgia en el mercat de Jodhpur, intentant aconseguir un tros de pa...

Conèixer l'Índia requereix temps per adaptar-te i digerir tot el que s'experimenta. Part d'aquell país se m'ha ficat a les venes com una droga infal·lible. Ja l'enyoro.

Tanco els ulls. Necessito dormir, descansar. Tantes hores de viatge m'estan passant factura. No puc evitar el plor. Sé que tot seguirà el seu curs i que jo no puc fer gran cosa...

Tinc ganes de veure'l. Tinc ganes d'abraçar-lo i explicar-li tot el que he viscut. Sempre l'he estimat i tinc ganes de cridar-li ben fort: «T'estimo!».

No sé com ha portat la mort de l'Estela, però tinc la certesa que l'ajudarà a sortir del laberint on s'ha submergit des de l'accident.

La nena de l'altre costat del passadís em mira i somriu. Li torno el somriure i de sobte m'atrapa un son plàcid. Sé que m'estic adormint...

15
JOEL

La mare morta no és la mare. L'han pentinada i pintada com una deessa el dia dels oracles. Posseeix la saviesa del més enllà, però té els llavis sellats per sempre, sense veu, sense petons.

Jo sé que ella ja no és allà.

Queda el cos.

Les arrugues són rius que busquen el mar fent laberints, i les cicatrius, tatuatges de ferides passades.

Les pigues, petits records que ens acompanyen, i les ungles, que sempre volen arribar on no arriben els dits.

Les pestanyes recullen les llàgrimes perquè no es perdin, però... sé que ella ja no és allà, i me la imagino lliure, lliure de la presó del cos, lliure de les exigències de la vida, flotant a l'espai amb un somriure immens i feliç, finalment feliç.

Quants secrets, quantes coses no contades es deu haver endut? Coses que mai ningú no sabrà. Quantes preguntes, paraules i carícies han quedat sense sortir?

Potser és això, morir, just el que dóna sentit a tot.

El dia que la Patrícia torna jo ja ho he decidit tot. Porta un vestit blanc i els cabells li cauen fent onades per les espatlles.

Ens abracem molt fort. Molt llarg. I més, perquè sé que és l'última vegada. Ella no ho sap, encara. Els seus cabells em fan pessigolles als llavis i me'ls vull menjar.

Ella em diu que li ha sabut molt greu no haver estat amb mi quan es va morir la mare, que si li ho hagués dit de seguida hauria fet el possible per arribar per al funeral.

Li ho havia dit tres dies després. No volia trencar el seu viatge i ella tampoc no hi podia fer res.

Anem a casa. Em diu que m'ha d'explicar moltes coses i li brillen els ulls.

Aquella nit em parla de les nenes de l'Índia. M'ensenya les fotos. M'explica les històries. Nens sense escola, nens sense pares. Em parla de la Lua i d'en

Jaship. Viuen del que guanyen fent jocs de màgia. Miro els nens i m'imagino les vides com si fossin allà amb mi.

La Patrícia fa moltes hores que no dorm i se li tanquen els ulls, però vol explicar-m'ho tot.

De sobte calla i em mira:

—Marxem junts —diu—. Hi ha tantes coses per fer allà! Marxem junts, vols?

I després, sense que jo pugui contestar-li, cau de son.

És temptador, és clar. Marxar junts amb la Patrícia on no ens conegui ningú i fer com si res no hagués passat. Però no és possible, no em puc continuar enganyant, enganyant-la. No puc viure dins una mentida la resta de la meva vida, i, de fet, l'única veritat és que l'estimo.

De matinada, escric:

Patrícia,

Com desitjaria seguir-te allà on fos i ser al teu costat en aquesta aventura que t'il·lusiona. Però sé que quan sàpigues la veritat no em podràs perdonar. Mai. Patrícia, en Max va morir a l'accident. Sóc en Joel. I no sóc el noi tendre i bo que creies que era. Sóc dolent i cruel. Tu no ho saps, però el podia haver salvat. No ho sé, però no ho vaig intentar, ho entens? No vaig moure ni un dit per salvar-lo. Sóc capaç d'enganyar tothom, ja ho veus. I covard, molt covard per amagar-me rere un sac de mentides, per no buscar la veritat. Tampoc no he volgut saber mai per què va marxar el meu pare. Realment, tenies raó en això.

He tocat fons i sé que no puc viure amb el pes de tanta mentida. I potser pensaràs que he embogit, però com que he decidit contar-te tota la veritat d'una vegada, t'ho diré: El fantasma d'en Max em persegueix a les nits. M'escriu amenaçant-me que mai no em deixarà descansar.

El que sé és que no vull arrossegar-te a tu dins aquest pou. M'importes massa. Vull que no oblidis mai que t'estimo, que t'he estimat des del primer dia que et vaig veure, i t'he estimat d'amagat, molts anys, sense gosar dir ni fer per no interferir entre tu i en Max. I vull que sàpigues que ha estat meravellós estar amb tu, malgrat la mentida. Ha estat el millor que m'ha passat mai... Abraçar-te i omplir el teu cos de petons, despertar-me al teu costat i sentir la teva respiració, trobar-me la teva roba sobre el coixí, olorar els teus cabells... He estat feliç en aquests instants, ho puc dir. I et continuaré estimant, encara que me'n vagi, perquè no sé com explicar-t'ho, però m'acompanyes sempre, com si fossis una part indissoluble de mi mateix.

No et demano que em perdonis, seria demanar massa. Només et demano que no abandonis allò que més desitges, allò que et fa bategar el cor i et fa brillar els ulls. Sigues feliç, Patrícia, tu saps com.

I et dic adéu amb el cor encongit, però amb la seguretat que faig l'únic que em cal fer, l'únic que em queda fer.

Adéu,

Joel

Li deixo la carta damunt el coixí. La seva respiració és pausada. Segurament viatja per algun somni tranquil i plaent. La contemplo per última vegada, i molt suaument li deixo un petó a la galta.

Vaig al calaix del despatx on vaig guardar la capsa de pertinences de la mare i agafo el plec de cartes.

Entre les cartes, hi ha també la foto d'una nena d'uns set anys que somriu divertida dalt d'una bicicleta. No sé qui és. Em recorda aquella nena de la foto que vaig veure cremar a la mare. Potser és la mare quan era petita? No ho sé. La foto em fa pessigolles als dits i me la poso a la butxaca amb les cartes. Les cartes són del pare i estan totes sense obrir.

Deixo les meves claus a l'entrada i m'ajupo per recollir de terra un mocador de la Patrícia. L'oloro per última vegada i marxo.

Camino pels carrers deserts i adormits com un fantasma. Cada passa que m'allunya d'ella m'encongeix el cor. Quan travesso el pont, sento baixar l'aigua amb força sota els meus peus i desitjo fondre'm amb ella, ser aigua i deixar-me endur fins al mar. Potser no podré, sense ella; potser mai no podré. Sense ella, és una mica com estar mort, més mort que en Max, tan mort com la mare. Per això m'aferro a l'única part que queda de la meva existència: el pare.

A aquella hora de la matinada l'estació està pràcticament buida. M'assec en un banc de l'andana a esperar el tren. Les cartes tenen remitent; la mateixa adreça amb lletra neta i clara, la lletra del meu pare. Per què no havia obert les cartes, la mare? I si no en volia saber res, per què les havia guardat tant temps? Tinc dret jo a obrir-les i llegir-les?

La data de l'última carta és de fa gairebé vint-i-un anys. Aleshores jo devia tenir nou anys. No vaig preguntar mai on era el pare. No vaig preguntar mai per què havia marxat, ni com ens havia pogut deixar sols amb una mare que no hi era del tot.

La mirada perduda de la mare em feia por. El pes de les paraules com sospirs, les pauses sostingudes com el tic-tac d'una bomba de rellotgeria. Si deixava anar una paraula, només una, potser la casa volaria pels aires per sempre més. Ho llegia als seus ulls.

No sé com vaig aprendre a llegir-li els ulls. Els ulls de la mare em deien: «No diguis res, no preguntis res, no anomenis el pare, el pare no existeix, cal que l'esborrem de les nostres vides, el pare ens ha abandonat a tots, no us estima, no m'estima, mai no ens ha estimat».

I jo m'ho vaig creure. Però, què pot fer, si no, un nen?

Però... i si...

Pujo al tren i m'assec a prop de la finestra. Estic sol dins el vagó. Sol en un tren en destinació a l'única adreça que em lliga encara a la vida. Miro per la finestra i desitjo veure arribar la Patrícia. Me la imagino pujant al tren, buscant-me, a mi, a en Joel, no pas a en Max; a mi, només a mi. Reconeixent-me, abraçant-me per primera vegada. Però l'andana respira deserta, fuig deserta, desapareix enllà en un balanceig que em gronxa i em consola com si fos un nen. Agafo una de les cartes del pare a l'atzar i l'obro:

Estela,

No hi puc fer gaire més si no em vols al teu costat. Només t'escric perquè sàpigues on sóc. Vull que sàpigues que si mai em necessites, només has de dir-m'ho. Vull que en Max i en Joel sàpiguen que tenen un pare per al que faci falta, que desitjo veure'ls, saber d'ells, estar amb ells. Pots apartar-me de tu, però no ho facis també amb els meus fills. Pots negar-me la teva paraula, però els nens no, si us plau, Estela.

Contesta'm, si us plau, digue'm alguna cosa.

Raül

Els dits em tremolen. Entenc aquella tristesa com si fos meva. Just en aquell instant, és meva, també. A fora, les cases i els arbres passen rabent i tot es perd rere una boira espessa. Tot fuig, tot s'escola en un passat irreversible. Els moments, les coses passen irreparables. Les petjades no es poden esborrar, ni recuperar el temps ni les paraules que es van quedar sense dir, que no vam gosar dir. Tampoc les cartes no sabudes, no llegides, no contestades, no escrites.

Recordo el pare. La primera vegada que vaig agafar un pinzell va ser amb el pare. El pare va pintar la casa. El recordo. Jo tenia sis anys i em quedava embadocat en un racó mirant com sucava el pinzell i amb molta cura anava fent rius a les parets. Tenia la ràdio engegada i treballava tan concentrat que no em veia. Vaig tardar dies a demanar-li si podia, si em deixava fer una pinzellada.

Un dia em vaig plantar al seu costat. Ell em va mirar i em va dir: «No vas a jugar amb els altres?».

Els altres eren en Max i quatre nens veïns, que venien sovint i jugaven. Ells jugaven. A mi, animats per en Max, que feia de líder, m'escarnien, em rebutjaven. Es mofaven de mi. Però, això, no podia explicar-ho al pare. Vaig fer que no sense treure els ulls del pinzell que ell sostenia amb la mà dreta.

Aleshores, em va agafar la mà amb el pinzell i, acompanyant-me, vam pentinar la paret, amunt i avall.

«Així, com quan llepes un gelat, igual», deia, i somreia. No li va importar que la paret no quedés del tot perfecta.

Crec que és un dels moments més feliços de la meva infància. Potser l'únic record que guardo del pare. Potser l'únic instant que recordo que vam compartir tots dos sols. No vaig saber acostar-m'hi. La mare m'obnubilava... Intuïa la tensió entre ells, i em creia els ulls de la mare. El creia el culpable de la seva infelicitat quan, en el fons, era ella mateixa, només ella mateixa, que delirava enemics.

El tren s'atura en una estació. El vagó s'omple de nois i noies amb motxilles, enriolats, juganers, innocents, encara.

Intento aclucar els ulls. Em queden un parell d'hores de viatge i encara no sé què trobaré a la sortida de l'últim túnel. Hi haurà alguna llum, alguna estrella? La lluna, potser?

16
BLANCA

He entrat dins la casa i m'he embolicat com un gat amb un mocador de la Patrícia. És un mocador de seda de tons càlids. El bufo i volo als peus d'en Joel, que està a punt de marxar. En Joel porta les cartes del pare a la butxaca. S'ajup a recollir el mocador i li cau una de les cartes. Noto que els seus dits em fan una carícia. Es posa el mocador al nas i l'olora profundament, com si volgués endur-se aquell bocí de perfum dins seu.

Deixa el mocador damunt la taula del rebedor i se'n va. La carta del pare es queda quieta esperant que algú la reculli.

Hi ha cartes que arriben a deshora i d'altres que es perden pel camí. Hi ha cartes que canvien una vida i d'altres que, encara que sigui tard, et porten fins aquells que t'estimen.

He pujat al tren amb en Joel i m'he ficat dins una carta. Jugo amb les paraules. El pare escrivia paraules molt boniques com...

«Estela. Estela, és el rastre dels estels just després d'haver passat, el camí traçat que es fon.»

Com jo.

Hi ha coses que hi són encara que vulguem amagar-les. Potser les coses més importants, com deia el Petit Príncep, són invisibles als ulls.

El tren no esborra mai els camins. Les vies són fortes, no dubten, van dretes al seu destí.

De petita, el pare em portava a veure passar els trens. Preferia anar a veure passar els trens que al parc. Els esperàvem dalt del pont. Vèiem com sortien a tota velocitat del túnel. El retruc trencava el paisatge i ens omplia les orelles. La resta del món desapareixia davant la immensitat d'aquells vagons que feien tremolar les muntanyes, i, en un moment, el tren es tornava a perdre per l'altre costat.

Em fascinava la intensitat de l'instant. Passaven tantes vides en uns segons! Jo intentava entrar dins les finestres amb la mirada, veure els viatgers, saber qui eren i on anaven, però mai no atrapava les cares.

—Un dia vaig pintar un tren —m'explicava el pare—, a l'últim vagó. Hi vaig posar el meu nom amb lletres amples i vermelles.

—Així, hi ha un tren que duu el teu nom? —li preguntava jo.

—Sí, però no ho diguis a ningú, perquè això no es pot fer.

—No et preocupis, pare, serà el nostre secret —li deia jo.

Potser aquest tren on viatja en Joel buscant respostes i amb la determinació de no fugir més d'ell mateix és el tren del pare.

17
MAX

—T'estàs preguntant si has estimat algú?

Em giro i em trobo de nou amb mi mateix.

—Ara no, deixa'm.

—Per què? Amb qui penses parlar?

—Amb ningú...

—Hauries d'esforçar-te i repassar el que has fet a la vida per sentir-te com et sents.

—Per què?

—Perquè et vas convertir en un esnob prepotent per amagar els teus sentiments. Perquè, malgrat tot en el que et vas convertir, tenies sentiments. T'has preguntat per què no vas anar a acompanyar la teva mare al psiquiàtric? Jo t'ho diré. No podies suportar la idea de tancar-la.

La Gina entra al despatx i em diu que tinc una trucada del meu germà, en Joel. Estic a punt de dir-li que estic reunit que ella em deixa anar que ha dit que és urgent. Amb un moviment de cap, li dic que em passi la trucada. Surt i tot seguit veig el llum vermell de l'aparell. Agafo la trucada. Plorant, en Joel em diu que la mare s'ha d'ingressar al psiquiàtric urgentment. Jo no dic res. Ell em pregunta si l'escolto, li dic que sí, i ell m'explica que aquesta matinada s'ha escapat de casa de nou i l'han trobat despullada a la plaça.

—Max, hauries de venir per parlar d'on és millor ingressar-la.

Es fa un silenci buit. La trucada m'ha agafat desprevingut. Quan aconsegueixo parlar, el primer que em surt és una mentida.

—Joel, no puc venir, però puc fer unes gestions ràpides per aconseguir que la puguin agafar a la millor residència.

—Max, psiquiàtric, la mare necessita un psiquiàtric, no et confonguis!

—D'acord, d'acord —li dic—. Tingues en compte que no ens podem permetre el millor... Potser és millor que busquem dins la seguretat social...

—No sé, però ens hem de moure ràpid. L'hospital no se'n pot fer càrrec gaires dies.

—On és ara la mare?

—Som a l'hospital. S'està recuperant. Ha patit una greu hipotèrmia. Per favor, Max, intenta arreglar-ho i vine. Et necessitem.

—No puc, Joel. Estic a punt de tancar una firma molt important i no puc ajornar-ho, però no pateixis. Deixa'm dues hores i ho solucionaré. Pels diners, cap problema. Jo em faig càrrec de tot.

—D'acord. Espero la teva trucada.

Penjo, premo el timbre intern i demano a la Gina que vingui. Entra.

—Què mana? —em diu mentre s'asseu a la butaca de davant la taula.

—Necessito que em busquis el telèfon d'un dels millors psiquiàtrics, que esbrinis qui és el director. És urgent. Ho necessito al més aviat possible.

Quan tanca la porta, no puc evitar pensar en la mare. Fa tres mesos que no l'he anat a veure... Però, tancar-la?

No sé el temps que ha passat. La Gina truca a la porta i entra al despatx de nou. Em deixa un paper damunt la taula: «Psiquiàtric Els Sants Perduts, Tossa de Mar. Director, doctor Strogoff», i un telèfon.

Truco. Agafa la trucada una senyora. Demano pel doctor. Em diu «un moment» i em deixa escoltant una musiqueta que m'arriba a posar nerviós. Una veu d'home es posa a l'altra banda i la música desapareix. Em presento i li explico el cas de la mare sense deixar que digui res. Li dic que és urgent i que no tinc cap problema econòmic, que immediatament li faré arribar els diners que em demani, tres mesos per avançat, si és necessari.

El doctor Strogoff em confirma que hi ha una habitació lliure que dóna al jardí i que, si m'espero dos dies, no té cap problema per admetre la mare.

Em fa saber la quantitat de diners que li puc avançar, el número de compte, i que són necessaris els papers de l'historial mèdic de la mare.

Abans d'acomiadar-me, li dic que hi anirà acompanyada del meu germà. Que jo de seguida que pugui, i la feina m'ho permeti, hi aniré i m'encantarà saludar-lo personalment.

Truco al mòbil d'en Joel. No ha passat ni una hora. M'agafa la trucada i li dic que ja està tot solucionat.

—D'aquí a dos dies, divendres al matí concretament, la mare ja té reservada una bona habitació amb vistes al jardí. Faré les gestions necessàries perquè la traslladi una ambulància privada.

En Joel plora, mentre repeteix:

—Gràcies, moltes gràcies.

Diu que m'ajudarà a pagar, i li dic que de cap manera.

—Tu te n'has fet càrrec fins ara, de la mare. És el mínim que puc fer per ella.

Em demana si pujaré i li dic que no puc. Potser la setmana que ve. No li ho asseguro.

Quan penjo, noto una llàgrima que em llisca galta avall. Em sap greu.

No li'n diré res, a la Patrícia. Ja li ho faré saber la setmana que ve. Divendres sortim a esquiar als Alps i no vull espatllar-ho. Ella ho anul·laria i voldria anar a fer costat a en Joel, i no hi estic disposat.

—No ho vas fer del tot malament. Vas fer les gestions necessàries per a l'ingrés. I aquella llàgrima era sincera.

—Calla! Deixa'm! —li crido, i surto de la sala.

Arrenco a córrer entremig d'aquest laberint de passadissos. Quan m'aturo em deixo caure a terra. De què serveix ara retreure'm el que he fet o he deixat de fer? Sí, em vaig estalviar el calvari de portar-la al psiquiàtric, i què? He estat pagant rigorosament cada mesada fins ara...

Recordo la tristesa als ulls d'en Joel quan al cap de trenta dies de l'ingrés vaig pujar al Masnou i junts vam anar a Tossa de Mar a veure la mare.

Sento passes que s'acosten. No tinc ganes de veure ningú. Amago el cap entre els genolls i les passes s'aturen de cop davant meu.

No goso moure'm, no goso mirar.

És la veu del pare.

—Max, he vingut a acomiadar-me.

—No calia —li dic sense aixecar el cap.

—Sé que no ho dius amb el cor.

—Tu no saps res de mi.

—Més del que et penses. No ets mala persona, Max, i ho saps.

Aixeco el cap i miro el pare.

—No saps de què parles, no saps el que he arribat a fer...

—Tots fem coses...

El silenci ens embolcalla.

—Max, quan trobis la pau i et reconciliïs amb tu mateix, tot serà diferent. La Blanca m'ha dit que no vols veure la mare...

—No vull veure ningú.

—Marxo, ens tornarem a trobar.

Amago de nou el cap entre els genolls i, de sobte, una glopada del passat no té aturador.

Em trobo malament, tinc fred i ganes de vomitar. Miro en Joel. Dorm. No em puc aguantar. Surto de l'habitació i m'afanyo a anar al vàter, però no hi arribo i vomito fent grans arcades. No puc respirar i tinc por d'ofegar-me. Quan puc, crido i la mare surt de la seva habitació. Em tranquil·litza i m'ajuda a arribar al bany. M'agafa el cap mentre vaig buidant. Quan sembla que ja he acabat, la mare m'ajuda i em treu el pijama brut. Em dutxa amb aigua tèbia. Crido que tinc fred. Ella em diu que tinc febre i que l'aigua calenta me la faria pujar més. M'ajuda a sortir, m'embolica amb una tovallola i m'abraça. M'agrada. Sento la seva olor i no em puc aguantar. L'abraço amb totes les meves forces i ploro.

Em porta a la seva habitació, m'estira al seu llit, va a buscar un pijama, em posa colònia al front i em diu que ara ve. Agafo el seu coixí i ensumo la seva olor. La mare entra i em fa prendre una cullerada de xarop. És amarg i em fa estossegar. M'acosta el got d'aigua. Faig un glop i torno a tenir mal de panxa. No vull vomitar, no vull embrutar el llit de la mare. Salto corrents i vaig al bany. Hi arribo a temps. La mare em torna a aguantar el cap i repeteix. Colònia al front i al seu llit.

Desapareix una estona, una estona que se'm fa llarguíssima, però quan torna veig el seu somriure i em trobo millor. Es treu la bata i s'estira al meu costat. M'abraça i no deixa de posar-me la mà al front. M'adormo als seus braços i em sento feliç per primer cop des que el pare ens va deixar.

La veu del pare m'escombra el record.

—Marxo, Max. Només vull que sàpigues que sempre t'he estimat, us he estimat. Potser no com tu volies, però no ho vaig saber fer millor.

S'allunya.

18
PATRÍCIA

Em desperto. M'estiro tota. Tinc el cos adolorit del viatge. M'aixeco, vaig al bany i em dutxo. Deixo que l'aigua em llisqui per damunt del cos i assaboreixo aquest moment de plaer.

M'embolico el cos amb el barnús i el cap amb una tovallola, i surto de l'habitació. A la cuina no hi és, al despatx, tampoc. Ha marxat?

Se'm fa estrany. Tants dies tancat a casa i ara que he arribat... Potser ha anat a buscar l'esmorzar.

Torno a l'habitació, corro les cortines i obro la terrassa. Contemplo la ciutat. Respiro profundament. Els cossos de metall van i vénen per la gran avingu-da. Els bars treuen les taules i les cadires. Ara no em sembla tan caòtica, la ciutat. Em cordo el barnús i m'abraço. Sé que hi haurà un abans i un després d'aquest viatge a l'Índia.

Quan entro, estiro els llençols del llit i de sobte en cau un sobre amb el meu nom.

L'agafo, l'obro i llegeixo.

Les llàgrimes m'esborren les paraules i el cor se'm desboca... Torno a rellegir...

Cada petó, cada carícia, cada gest de tendresa... Era teva... Joel.

Una glopada d'energia m'envesteix. Em sento lliure. És la llibertat que dóna no amoïnar-se més pels dubtes.

Em vesteixo. No sé on trobar-te, Joel, però t'he de veure.

Perdonar-te? Tots dos ens hem de perdonar.

Per uns instants, el record d'en Max em fa sentir mesquina, però no puc frenar els meus sentiments.

Agafo la bossa, i quan estic a punt de sortir una carta groguenca m'atura. L'agafo i la llegeixo. És del pare d'en Joel. Miro el remitent. És una adreça. Sé on trobar-te.

Engego el cotxe i faig camí cap a Figueres.

Joel, no ens calen justificacions ni perdons, no cal demanar-nos explicacions ni imposar-nos treves, tenim una oportunitat, tenim un futur. Ara sí que tenim un futur.

Enfilo l'autopista cap a Girona.

Tinc un garbuix, un gran garbuix al cap. Se'm barregen imatges: colors dels saris, la mirada profunda dels ulls negres dels indis, els paisatges fascinants, els temples, el caos frenètic dels carrers, en Max, en Joel, l'Estela...

Una explosió de pensaments, de records.

Sóc a la cantonada de l'institut. Fa estona que espero en Joel. Miro el rellotge: falten deu minuts per a les vuit. Si no s'afanya, hauré d'entrar. Per fi! No, no és ell, és el seu germà Max. S'acosta, ve cap a mi.

—Hola! En Joel no vindrà. Ha tingut un atac d'al·lèrgia. M'ha dit que et donés aquest llibre.

Li dono les gràcies mentre guardo el llibre a la motxilla.

—Faig tard a classe.

—T'acompanyo, jo també tinc classe.

Tots dos entrem a l'institut. Quan ens acomiadem, en Max em diu que si necessito parlar ell serà tot el matí a la biblioteca estudiant. No sé per què m'ho diu. No tinc res a dir-li.

A segona hora, remeno la motxilla i trobo el llibre d'en Joel. El fullejo, mentre penso en la sort que tinc de compartir el gust per llegir. Trobo un sobre. L'obro i llegeixo.

Hola, Patrícia, tinc un fort atac d'al·lèrgia i m'hauré de quedar el que resta de setmana a casa. Quina ràbia! Tenia moltes ganes de veure't. Necessito la teva ajuda: m'agrada un noi que ha vingut a classe de violí i no sé com dir-li-ho. Tinc dubtes. Sé que només tu em pots ajudar. Et trobaré a faltar. Un petó.

Joel

No m'ho puc creure! Doblego la carta, la llenço dins la motxilla i surto de classe! Vaig a la biblioteca. Quan veig en Max, no puc aturar les llàgrimes. Ell s'aixeca i ve cap a mi. Recolzada a la seva espatlla, sortim al carrer, li ho explico i ell em consola.

—No el vull veure més —repeteixo—. L'estimava, Max, l'estimava...

Amb un rampell, estripo un full de la llibreta i escric:

Joel, et torno el llibre. No et vull veure més. Em sap greu, estic segura que trobaràs algú que t'estimi com et mereixes. Cuida't.

Patrícia

Dono la nota a en Max i marxo cap a casa.

El clàxon d'un camió em retorna a l'autopista. No sé com vaig ser tan idiota. Em vaig comportar com una estúpida. Cap dels dos no va lluitar per destapar la trampa que ens va preparar en Max.

T'estimo, Joel. Segurament t'estimo des del primer dia que et vaig conèixer.

19
JOEL

Quan el tren s'atura a la ciutat de Figueres, són les deu del matí. M'he mig endormiscat i els fantasmes s'han passejat pels meus somnis. En Max, amb la cara desfigurada i els ulls vermells...; la mare, menjant un plat de formigues...; jo, els braços i les cames de fusta... No em podia moure. Per sort, de sobte, el retruc i el xiulet d'un tren que passa sense aturar-se em desperten dins un sobresalt.

L'estació és a vessar de gent amunt i avall. Recordo vagament que el pare hi tenia família, a Figueres. Uns cosins, crec.

M'aturo a fer un cafè en el primer bar que trobo. Un cafè ensucrat que s'endugui el malson.

Me'l serveix una noia que porta un pírcing al nas i tres a l'orella:

—Tens sort. Aquí fem el millor cafè —em diu amb un somriure llarg.

—Ah, sí? I què té d'especial, doncs?

—És l'aroma... L'aroma fa que tinguis un bon despertar i un bon dia —i gira cua.

Es mou amb gràcia, a ritme de rap, i desprèn una vitalitat difícil d'ignorar.

Potser el cafè no és res de l'altre món, però ella sí.

Quan pago el cafè, aprofito per preguntar-li l'adreça que hi ha a les cartes del pare.

—És el mateix carrer del museu Dalí. És fàcil.

Agafa un tovalló i amb una rapidesa vertiginosa dibuixa els carrers, les places, les travessies i els girs que haig de fer.

—No té pèrdua.

Li dono les gràcies i ella deixa anar:

—Aprofita per visitar el museu, de passada. T'agradarà.

—I com saps que m'agradarà?

—Fas cara d'haver tingut un malson i Dalí en feia art, dels malsons. Art o bellesa, digue'n com vulguis.

Jo recordo vagament algun dels seus quadres. *L'enigma sense fi*, un. El pare me n'havia parlat, però només en recordava els colors de sorra i l'estranyesa.

—D'acord, ho faré.

—*La persistència de la memòria* —diu, picant-me l'ullet.

—Què?

—Un dels seus quadres que més m'agraden. *La persistència de la memòria.*

Surto d'allà una mica descol·locat. Amb el planell al tovalló i l'impacte d'aquella noia. Recordo, no sé per què, la primera vegada que la mare em va parlar de l'àngel. Jo tornava plorant d'escola perquè m'havien trepitjat la motxilla i m'havien estripat els cromos de la meva col·lecció de monstres.

—*Joel, et diré un secret.* —*A la mare li encantaven els secrets, les confidències, les complicitats*—. *Tens un àngel. Un àngel que en els moments més difícils serà al teu costat. No el pots veure. Els àngels són així, volàtils, com papallones blanques, com flocs de neu, presències silencioses que ens acompanyen i fan que no defallim. A vegades, viatgen dins el vent o dalt les onades. A vegades, són dins d'altres persones que ens trobem pel camí. Potser també ens deixen un temps sols, però tornen just quan ho han de fer. Només cal confiar.*

En aquell moment, no vaig entendre el que em deia. Vaig pensar fins i tot que potser no tots teníem àngels, només alguns, i jo no en tenia, però el sol fet que la mare em parlés ja em consolava. La seva veu m'acaronava, m'acompanyava i en tenia prou. En aquell moment, en tenia prou per eixugar-me les llàgrimes i abraçar-la.

Enfilo el carrer buscant el número en els portals. El nou. És una casa vella amb una entrada gran.

Una pila d'incerteses i preguntes em ballen al cap. Encara deu ser allà, el pare? Em reconeixerà? Coms i perquès i pors que fan nusos tan forts que em costa respirar.

Pujo al primer pis i truco al timbre. Sento fregadissa rere la porta. El cor em batega fort.

Una dona de mitjana edat, amb els cabells rojos i unes arracades d'estruç, bada cautelosament la porta i fa:

—Oh, ho sento, als matins no treballo. De sis a nou. Però millor que demani hora, perquè no tinc cap forat fins a la setmana vinent.

—Bé, jo només volia saber...

—Véns per les cartes, no? Com et dius?

—Joel. Però jo només busco en Raül.

—Bé, tothom que ve busca algú, o alguna cosa.

—En Raül Ametller —i em trec el plec de cartes i li ensenyo l'adreça—. Ens va enviar aquestes cartes amb aquest remitent ja fa uns quants anys.

Aleshores a la dona se li transfigura el rostre. Mira les cartes, em torna a mirar i fa:

—I tu ets?

—El seu fill Joel.

—El seu fill Joel —repeteix com si intentés entendre una cosa molt difícil.

—Sí, exacte.

—No em puc creure que vinguis a buscar el teu pare. —Sembla alterada, gairebé angoixada—. Però l'Estela no us va explicar que...

—L'Estela ha mort.

La dona fa una ganyota i murmura:

—Em sap greu... Jo sóc la Bibiana, la cosina del teu pare, però passa i seu.

La casa és plena de cortines índies, espelmes, boles de cristall i cartes del Tarot.

—No sabia... Pensava... Bé..., com pots veure, em dedico a tirar les cartes, saps?

Jo miro la sala desorientat. Tinc ganes de fugir, però em trec la idea del cap. No marxaré sense saber on és el meu pare.

—Et preparo un te. Ens anirà bé a tots dos.

La dona desapareix a la cuina, però continua parlant:

—En Raül parlava molt de vosaltres; de l'Estela, de tu i del teu germà. Com es diu?

—Max. Es diu Max.

En aquell moment, m'adono que des que he abandonat la Patrícia el fantasma d'en Max no m'ha molestat més. Em pregunto si la Bibiana, a part de tirar les cartes, també és capaç de parlar amb els fantasmes. Però aquesta idea em fa estremir.

Aleshores ressonen els clics de les tasses i apareix amb el te.

—Joel, el teu pare va intentar posar-se en contacte amb vosaltres moltes vegades. Ho saps, oi?

—Què és el que ens hauria hagut d'explicar l'Estela, Bibiana, si us plau? Vull saber la veritat.

La Bibiana fa un llarg sospir i diu:

—El teu pare va morir fa dinou anys.

—Com? No, no pot ser... Com és...

—Va tenir un atac de cor... Jo mateixa ho vaig comunicar a la teva mare amb una trucada telefònica. No em podia imaginar que us amagaria això.

Em sento els pensaments petrificats, intentant entendre tan sols això: «El pare va morir fa dinou anys».

Les altres paraules ja no m'arriben. La Bibiana continua parlant per omplir aquell buit, per acompanyar-me, per no escoltar el silenci dels que se'n van per sempre.

—Quan es va separar de vosaltres, va caure en una depressió profunda... L'únic que el feia aixecar-se era l'esperança que ella li respongués, que ella el tornés a estimar.

Tinc mil preguntes que em punxen la llengua, però no puc articular ni un mot.

—Em sap greu dir-ho. Prou que ho deus saber. La teva mare no va superar mai perdre la nena...

—La nena? Quina nena? —faig ara sense entendre.

La Bibiana em mira amb els ulls molt oberts. Respira fondo. Dubta, titubeja.

—No us va parlar mai de la Blanca? —fa amb incredulitat.

Nego amb el cap. Recordo la foto. La foto d'aquella nena amb la bicicleta que guardava la mare entre les cartes del pare. Sento com se'm remouen l'estómac, el cor, el fetge, el cervell. Com si el cos fos tot de peces d'un trencaclosques desbocades i fora de lloc que haguessin de buscar el seu lloc. Com arribar de nou al món per entendre'l de zero. Un garbuix d'emocions em vessen per dins i pregunto:

—Qui és la Blanca?

—La teva germana. Va morir poc abans que tu i en Max naixéssiu. Tenia set anys. Era preciosa. Un àngel de nena. Això va trastocar la teva mare.

M'aixeco, necessito estar sol, retrobar-me. La Bibiana s'ofereix a acompanyar-me.

Li dono les gràcies i ella diu:

—Ho diràs a en Max, suposo.

Jo ja sóc a mitja escala i dic:

—Temo que ell ja ho deu saber. És mort.

El temps s'ha girat i uns nuvolots negres amenacen tempesta. El carrer és ple de gent. Camino carrer amunt i m'aturo davant del museu.

Comencen a caure petites gotes dins un compàs que es va accelerant.

Entro al museu sense pensar, gairebé d'esma. En aquell moment, la meva vida fa joc amb el món fantàstic, boig i surrealista que m'envolta. És com caminar dins un malson on he d'esbrinar què forma part del meu imaginari i què és real. Els quadres, els fets de la vida tenen diferents angles, diferents visions, diferents interpretacions. Fins a quin punt ens aferrem a allò que ens volem creure i ho convertim en veritats immutables? Tants anys dins els equívocs, sense interrogar-nos. A vegades, tota una vida.

Ara m'adono que no hi ha gaires veritats immutables. No hi ha certeses, i tot plegat és com aquell quadre que em va ensenyar el pare: un *Enigma sense fi*.

Al pati interior, un cotxe negre i blanc amb el vidre trencat i una barca al cel. Hi ha cargols que rastregen les finestres entelades, i Cadillacs que viatgen a la recerca de paratges impossibles. Jo em menjo la pluja.

Els rostres i els objectes es fragmenten, es barregen, es confonen i m'obren les comportes de pensaments congelats.

M'aturo davant de *La persistència de la memòria*. Els rellotges esllanguits damunt la sorra de la platja, el temps que s'esgota.

El temps del lament i la culpa s'omple de formigues, el temps de les mentides té una mosca, i el temps del somni penja d'una branca despullada.

Em sento perdut en aquesta platja solitària, sense nord, sense rumb, palpant la immensitat del nores. I, per un instant, sento una serenitat estranya. Ho he perdut tot, fins i tot a mi mateix, i és això, no som res, estem de pas. Després d'aquest buit ja res no em pot fer por.

En Joel poruc, en Joel de sempre és un record i prou.

I desitjo aixecar-me.

Sé que puc caminar sol i sorprendre'm.

Estimar.

De sobte, una veu darrere meu:

—Joel!

Em pregunto si es tracta d'una al·lucinació, d'un retrat o d'un deliri.

No em vull girar encara. Deixo que el somni s'allargui.

Faig una última ullada al quadre i veig que dins el rellotge que penja de la branca de l'arbre hi neix una petita flor roja.

El quadre em somriu.

ÍNDEX